文史哲學集成

吳椿榮著

詞語掇拾

文史哲出版社印行

國家圖書館出版品預行編目資料

詞語掇拾 / 吳椿榮著. -- 初版 -- 臺北市：文史哲, 民 103.10
頁; 21 公分（文史哲學集成;662）
ISBN 978-986-314-221-8（平裝）

1.漢語 2.詞彙

802.18 103020758

文史哲學集成 662

詞語掇拾

著者：吳椿榮
出版者：文史哲出版社
http:// www.lapen.com.tw
e-mail：lapen@ms74.hinet.net
登記證字號：行政院新聞局版臺業字五三三七號
發行人：彭正雄
發行所：文史哲出版社
印刷者：文史哲出版社
臺北市羅斯福路一段七十二巷四號
郵政劃撥帳號：一六一八〇一七五
電話886-2-23511028 · 傳真886-2-23965656

實價新臺幣三八〇元

中華民國一〇三年（2014）十月初版

ISBN 978-986-314-221-8 00662

詞語掇拾　例言

一、丙戌、丁亥間，僕先後撰就默菴隨筆初、續編。續編除賡續初編部分字詞外，大體以成語、典故、俚（諺）語等為寫作範圍，分十二卷，計二六五則（含附錄六則）。顏曰：詞語掇拾。

二、本書文字力求簡潔、扼要，釋義、舉例務求兼顧周延。凡所徵引，例皆逐一注明出處。遇有必要，另酌加附注文字、圖表。

三、撰者學識譾陋，一本讀書養性原家教之庭訓，勉成斯編，魯魚之誤，必在所不免，尚乞閱者方家不吝指正。

詞語掇拾 目次

卷三

卷八

卷九

卷一〇

卷十一

卷十二

卷一

一、烏、黑、玄

烏，金文作「□」，小篆作「□」。甲文缺。小篆烏：全形象鳥，唯不見「目」之形。小爾雅謂「純黑而反哺者謂之烏，小而腹下白不反哺者謂之雅（鴉）烏。」烏毛羽純黑，故不見目，性純孝而反哺。故其本義作「孝鳥」解（說文），即慈烏，俗稱烏鴉。詩邶風北風：「莫赤匪狐，莫黑匪烏。」西晉成公綏（二三一—二七三）烏賦：「嗟斯烏之克孝兮，……乃銜食而反哺。」烏，做為形容詞時，有「灰黑色」之意。北宋蘇軾（一〇三六—一一〇一）望湖樓醉書詩：「烏菱白芡不論錢，亂繫青菰裹綠盤。」臺語稱粗糖曰烏糖，和粗糖所製成的年糕曰烏甜粿。

黑，金文作「□」，小篆作「□」。甲文缺。金文、甲文，其字形略同。小篆黑，从炎出□。「□」，古「窗」字。今人稱竈突為煙囪。炎，火煙。火煙經煙囪而出，其所薰之色謂之黑。故本義作「火所薰之色」解。（說文）。即煙薰而成，最深暗的顏色。黑與紅黃藍白並稱五色。民國成立，曾強調五族（漢、滿、蒙、回、藏）共和，以五色旗為國旗。黑，做為形容詞，有其色為墨的意思。書禹貢：「濟河惟兗州，……厥土黑墳。」左傳召公四年：

「夢天壓己，……黑而上僂，深目而豭喙，……。」易林：「蝙蝠生子，深目黑醜。」

玄，金文作「8」，小篆作「[illegible]」。本義「懸」，如懸物在上。（懸，本作「縣」。）引申為色黯然而幽，黝黑也。赤黑色。後多用以指黑色。詩豳風七月：「載玄載黃，我朱孔揚。」毛傳：「玄，黑而有赤也。」書湯誥：「敢用玄牲，敢昭告于上天神后，請罪有夏。」孔穎達疏：「夏家尚黑，于時未變夏禮，故不用白也。」東晉盧諶（二八四—三五〇）與司空劉琨書：「蓋本同末異，楊朱興哀，始素終玄，墨翟垂涕。」明高啟（一三三六—一三七四）秋懷詩之八：「世故逐人老，髮鬢能久玄？」

二、赤、朱、紅、絳、經、赭、赬

均屬同一色系，惟有區分。

赤，甲文作「[illegible]」，金文作「[illegible]」，小篆作「[illegible]」。金文赤：从大火，大火為赤。小篆赤：从大火。大火所呈現的顏色與朱略近，本義作朱色解。（玉篇）。與朱色相近而淺的顏色。亦即朱色之淺者曰赤。禮記月令：「季夏之月，……天子居明堂右个，乘朱路、駕赤騮、載赤旂、衣朱衣、服赤玉、食菽與雞，其器高以粗。」孔穎達疏：「色淺曰赤，色深曰朱。」東漢班固（三二—九二）西都賦：「風毛雨血，灑野蔽天，平原赤，勇士厲。」南宋陸游（一一二五—一二一〇）幽居詩：「迎霜南阜楓林赤，飽雨西村菜甲青。」清方殿元（？—？；康熙三年進士）章貢舟中作歌之五：「江窄風移萬山石，中天無雲炎日赤。」

朱，甲文作「[illegible]」，金文作「[illegible]」，小篆作「[illegible]」。甲文、金文、小篆字形略同。小篆朱：从木，「一」在其中；「一」加於木中，指木之中心色赤而與他木異，其本義作「赤心木、松柏屬」解。（說文）。即松柏類的赤心木名。引申作大紅色—比絳（深紅）淺、較赤深的顏色。古人以「朱」為五色之中，紅的正色。詩豳風七月：「我朱孔陽，為公子裳。」論語陽貨：「子曰：『惡紫之奪朱也；惡鄭聲之亂雅樂也。』」魏何晏集解引孔安國曰：「朱，正色。紫，間色。」唐韓愈（七六八—八二五）衢州徐偃王廟碑：「得朱弓赤矢之瑞。」又，赤色顏料曰朱。戰國宋玉（？—？）登徒子好色賦：「傅粉則太白，施朱則太赤。」

紅，甲文、金文無此字。小篆作「[illegible]」。从糸、工聲，本義作「帛赤白色」解。（說文）。赤白即今人所謂桃紅、淺紅。清朱駿聲（一七八九—一八五八）云：「素入於茜則為紅，……」指紅色絲織品言，故从糸。論語鄉黨：「君子不以紺、緅飾，紅、紫不以為褻服。」楚辭招魂：「紅壁沙版，玄玉梁些。」王逸注：「紅，赤白也。」後，恆指赤色，乃至泛稱各種紅色。史記司馬相如列傳：「紅杳渺以眩湣兮，猋風涌而雲浮。」（大人賦）。文心雕龍情采：「正采耀乎朱藍，間色屏於紅紫。」唐白居易（七七二—八四六）憶江南詞：「江南好，風景舊曾諳。日出江花紅勝火，春來江水綠如藍。」杜牧（八〇三—八五三）江南春詩：「十里鶯啼綠映紅，水村山郭酒旗風。」

絳，ㄐㄧㄤˋ。小篆作「[illegible]」。甲文、金文缺此字。小篆絳：从系、夅聲。本義「大赤」。

（說文）。謂布帛組綬等呈現大紅色而言。大赤即大紅（深紅）。廣雅釋器：「纁謂之絳，凡九旗之帛皆用絳。」史記田單列傳：「田單乃收城中得千餘牛，為絳繒衣，畫以五彩龍文。」北魏酈道元（四六九？—五二七）水經注泜水：「其後有人著大冠，絳單衣，杖竹立冢前，呼採薪孺子伊永昌，曰：『我，王子喬也，勿得取吾墳上樹也。』」清姚鼐（一七三二—一八一五）登泰山記：「迴視日觀以西峰，或得日或否，絳皜駁色，而皆若僂。」

䞓，ㄔㄥ。甲文、金文缺此字。小篆作「䞓」，从赤、巠聲。本義赤色也。（說文）。乃淺赤之色，故从赤。儀禮士喪禮：「幎目，用緇，方尺二寸，䞓裏，著，組繫。」注：「䞓，赤也。」西晉潘岳（二四七—三〇〇）射雉賦：「鶩綺翼而䞓撾，灼繡頸而衮背。」注：「䞓則赤也。撾，肶（牛肚、鳥腸胃）也。」

赭，ㄓㄜ。甲文、金文缺此字。小篆作「赭」。从赤、者聲。本義赤土。（說文）。乃赤色之土名，故从赤。詩邶風簡兮：「赫如渥赭，公言錫爵。」鄭玄箋：「赫然如厚傅丹，……。」管子地數：「上有赭者，下有鐵。」西漢司馬相如子虛賦：「其土則丹青赭堊，雌黃白坿，……。」注：「赭，赤土也。」山海經中山經：「又南百二十里曰若山，其上多㻬琈之玉，多赭。」郭璞注：「赤土。」

赬，ㄔㄥ。甲文、金文缺此字。小篆作「赬」，从赤、貞聲。本義赤色。（說文）。乃淺於絳、深於紅之赤，故从赤。禮記喪大記：「小臣復。……大夫以玄赬，世婦以襢衣，……。」注：「赬，赤也。」南齊謝脁（四六四—四九九）和劉中書詩：「赬紫共斑駁，雲錦相凌亂。」南朝梁張率（四七五—五二七）日出東南行詩：「施著見朱粉，點畫示禎黃。」

三、侜

ㄓㄡ。欺誑①。蒙蔽。詩陳風防有鵲巢：「誰侜予美，心焉忉忉。」鄭玄箋：「誰侜張誑欺我所美之人乎，使我心忉忉然。」北宋梅堯臣（一〇〇二—一〇六〇）莫登樓詩：「天寒酒醺誰爾侜，倚楹心往形獨留。」侜誑，妄語。近人章炳麟（一八六九—一九三六）新方言釋言：「今人謂妄語為侜誑。或曰胡侜，俗作謅②。」侜張，欺誑。欺謾。東漢仲長統（一七九—二一九）昌言：「于是淫厲亂神之禮興焉，侜張變怪之言起焉。」清李慈銘（一八三〇—一八九四）越縵堂讀書記文學列朝詩集小傳：「其論詩力表程孟陽③，用遺山④中州集溪南詩老例，謚之曰『松圓詩老』，贊歎投地，若不容口，過情之論，迨近侜張。」侜張，亦作「譸張」、「強橫」等解。詳南齊書高帝紀上，魏書邢巒傳、陽平王君傳與清梁章鉅（一七七五—一八四九）退庵隨筆官常，茲從略。侜張為幻，謂欺狂作偽也。爾雅釋訓注：「書曰：『無或侜張為幻。』幻惑，欺誑人者。」今書無逸作「譸張」，餘參前引新方言釋言。

①誑，ㄎㄨㄤˊ。

②ㄓㄡ，猶云信口胡言。

③程嘉燧（一五六五—一六四三）明休寧人，字孟陽。工詩善畫，與唐時升（一五五一—一

六三六）婁堅（一五五四—一六三一）並稱練川三老。

④金元好問（一一九〇—一二五七）字裕之，號遺山，著有中州集四十卷，金史有傳。

四、利、命、仁

論語子罕：「子罕言利，與命，與仁」

罕言，鮮言。今語猶「不常說」。財曰利。論語憲問：「見利思義，見危授命。」自然歸趨，人力無從左右之者曰命。呂氏春秋知接：「死生，命也。」論衡骨相：「貧賤富貴，命也。」又，命義：「禍福吉凶者，命也。」至大至善之道德，以一字統攝之曰仁。孟子公孫丑上：「夫仁，天之尊爵也，人之安宅也。」

本章四書集注朱熹引程子曰：「計利則害義；命之理微；仁之道大。皆夫子所罕言也。」清劉寶楠（一七九一—一八五五）論語正義：「利、命、仁三者，皆子所罕言；而言仁稍多，言命次之，言利最少。故以利承罕言之文；而於命於仁，則以兩『與』字次第之。」歷代注疏，多將「與」視為連接詞；曲引旁通、自圓其說，於義實屬牽強，殊難取信。

茲依句讀不同，試略析如次：

一、子罕言利與命；與仁。

孔子很少說到「利」和「命」；卻稱許「仁」。按：前「與」字、作連接詞、後一「與」字作動詞解。

二、子罕言利；與命、與仁。

三、子罕言利與命與仁。全句應作「子罕言利；（子）與命；（子）與仁。」「與」，作動詞解。句意與二同。

孔子很少談及「利」；卻稱許「命」、稱許「仁」。

五、要

ㄐㄧㄠˋ。紹興話。意謂不要。

六、絕四

論語子罕：「子絕四：毋意、毋必、毋固、毋我。」

絕，去之也。意，測度也①。「以道為度，故不任意。②」必，專斷也。「用之則行，舍之則藏，故無專必。③」固，固執；執滯。「無可無不可，故無固行。④」我，私己也。述古而不自作，處羣而不自異。唯道是從，故不有其身。⑤莊存與云：「智，毋意。先覺也。義，毋必。義之與比也。禮，毋固。時中也。仁，毋我。與人為善也。善則稱親，璝善於天也。」又曰：「以億逆為意而去之是也；以擬議為意而去之非也。以適莫為必而去之是也；以果斷為必而去之非也。以窮固為固而去之是也；以貞固為固而去之非也。以足己為我而去之是也；以修己為我而去之非也。⑥」

①說文段注。王引之經義述聞：「（禮記）少儀：『毋測未至。』測，意度也。」毋意，猶毋測未至也。

②論語正義注。

③同②。

④同②。

⑤同②。

⑥同②。莊存與（一七一九—一九八九）清武進（今江蘇武進）人。字方耕。乾隆十年（一七四五）進士，授編修，官至禮部左侍郎。著春秋正辭，專言公羊家微言大義，不斤斤於文字訓詁。弟子宋翔鳳、劉逢祿宏揚其說，確守今文師注，遂開前清今文經學一派；存與師弟皆常州人，人稱常州學派。與惠棟（吳派）、戴震（皖派）相鼎峙。渠兼治古文經，有周官記周官說、毛詩說等，仍主古文經傳之說。

七、介壽

詩豳風七月：「為此春酒，以介眉壽。」東漢鄭玄（一二七—二〇〇）將「介」解釋為「助」。助有「佐」、「益」等義，後人遂將介壽用作祝壽之詞。清龔自珍（一七九一—一八四一）最錄南唐五百字：「兕觥①介壽，旨畜禦窮②。」近人柳亞子（一八八七—一九五八）田壽昌五十壽詩③：「灉水鏖兵曾雪涕④，滬江⑤介壽又銜杯。」

臺北市重慶南路一段（前）、博愛路（後）、貴陽街一段（左）與寶慶路（右）之間，矗立著一幢顯眼、高大、堂皇、穩重的建物—介壽館，即今總統府。日治初，總督府假前清臺灣省布政使司衙門（舊址在今中山堂）⑥辦公。當時，今介壽館周遭雖歸屬城內，唯仍為水田，沃野數里、平整乾淨、視野極佳、寬敞開闊⑦。當局遂擇定為總督府址，重金選圖⑧、悉心營建⑨，費時七載，耗資八一萬日圓⑩，於大正八年（民國八年）竣工啟用。整幢建物坐東朝西，呈橫躺「日」字形；其凸顯出英國維多利亞時期（Victoria period，十九世紀卅十年代至廿世紀初年）的建築風貌。門廊與房廨內石柱，則帶有古希臘，羅馬的神韻。建材以鋼筋混凝土與大量磚、石施工。地下一層、地上四層。正面中央尖塔高約六十五公尺，自中央塔向兩翼延伸，運用角塔收結，並呈對稱三角形。底層兩側（即角塔緊貼地面處）均有門。該兩門之間，左右各有七扇弧形窗。二至四樓皆迴廊，立面壁作連續性開口，拱圈、柱列等橫帶，紅白相間。中央塔兩側分立衛塔，其頂端原作半圓形。前門入口臺基撐起，門約二樓許高。門廊凸出，環以六組對柱，車道貫穿之，坐車得逕駛至門口，門廊上方原為拱頂，光復後修建為平臺。正面底層與背面各樓層並無迴廊，正面二樓以上迴廊或平拱、或弧拱、或半圓拱，呈現多樣收頭。背面出入口亦有三處，左、右、中各一，均緊貼地面。一樓門廳寬敞高聳，四周支以托次坎式石柱⑪，或成組、或成對，俱見氣派不凡。民國卅四年五月卅日，美軍大舉轟炸臺北，今博愛特區為其摧毀之重點，「總督府」自不能免，整幢建物，殘垣斷壁、面目全非。八月中，日本無條件投降，臺灣回歸祖國。是時，本島耆宿多人聯名發動一人一元復建募捐，島民熱烈響應，於是得以集資成事。鳩工庀材、火速整修。卅五年秋，大功告成，終得恢復舊觀，局部外貌則稍有改變⑫。是年，恭逢主席蔣公甲子嵩慶⑬，省民遂以之為壽禮，齊申祝嘏之意。因此，命名介壽館⑭。館之三樓，有一大廳，足可容納四百餘人集會，名曰介壽堂⑮。

①ㄙˋ ㄍㄨㄥ。腹呈橢圓或方形，圓足或四足，有蓋，作帶角獸首狀的酒器。其初木刻，後改以青銅鑄之。盛行於殷商至西周前期。詩周南卷耳：「我姑酌彼兕觥。」

②本作「旨蓄御冬」。詩邶風谷風：「我有旨蓄，亦以御冬。」意謂蓄積美味，以備過冬。

③田漢（一八九八—一九六八）原名壽昌。民三，曾加入武昌革命軍。湖南省立長沙師範畢業（民五）。未幾，赴日入東京高師深造。民廿一，加入中國共產黨，而後多以化名從事電影、戲劇等工作。民廿四、二月被捕，七月，經張道藩保釋出獄，任國立南京戲劇學校教授。卅九年十一月，先後任中共文化部戲曲改良局局長、藝術事業管理局局長。四十九年八月，任劇協主席、文聯副主席。文化大革命初（民五五），因劇本謝瑤環，借古諷今、抨擊時政，遭清算拘捕。民五十七、十二月十日瘐死獄中，終年七十一歲。民六八、四月獲平反昭雪，骨灰移葬北京八寶山革命公墓。渠生前譯作甚多。據考：柳詩應作於民國卅六年三月。

④指民國廿三年十一月底，紅軍於廣西興安、全州間突破政府軍第四道封鎖線。此役，紅軍傷亡四萬餘人。興安、全州均位於漓江水域。灕江亦稱灕水為桂江上游。發源興安縣境苗見山，西南流至陽朔，以下稱桂江。

⑤指上海（市）。上海簡稱滬。

⑥昭和三年（民國十七年），日人於布政使司衙門原址，興建臺北市公會堂（光復後稱中山堂），民國廿五年落成啟用，可容納二千餘人集會，另設有餐廳、會議室與貴賓室等空間。原布政使司衙門官廳，全部拆除，其正堂，則依原樣與原建材，復建於植物園內，光復後改為林業展示館。

⑦該地段位於臺北城近中心點，除陳、林二氏家廟外，並無其他房舍，亦非墳冢用地。

⑧競圖得獎者長野宇平治。

⑨建築技師森山松之助主張加高中央尖塔，並將藍圖進行修改，始正式動工。

⑩時美、日幣值約略相等。

⑪ **Tuscan order** 又譯作托斯卡納柱式，為古希臘羅馬建築五種柱式之一。可能起源於伊特拉斯坎神廟（**Etrascans temple**）與多立克柱式（**Doric order**）極近似。

⑫衛塔頂部、門廊頂部等均作改變。

⑬民國卅五年尚未行憲，蔣公仍任國民政府主席。

⑭介壽館木匾懸掛於大門上端。

⑮介壽堂木匾懸掛於堂內講壇後方牆上，篆體、翡翠綠色字，應係吳稚暉先生真蹟。

八、飲冰

有三義：

本用以形容十分惶恐、焦灼。語出莊子人間世：「……今吾朝受命而夕飲冰，我其內熱與？吾未至乎事之情，而既有陰陽之患矣。事若不成，必有人道之患，是兩也。……」南朝宋鮑照（？—四六六）謝永安令解禁止啟：「飲冰肅事，懷火畢命。」唐宋之問（六五六？—七一二？）送姚侍御出使江東詩：「飲冰朝受命，衣錦晝還鄉。」北宋王安石（一〇二一—一〇八六）遊棲霞庵約平甫至因寄詩：「官事真傷錦，君恩更飲冰。」

一謂受命從政，為國憂心。唐張九齡（六七八—七四〇）與李讓侍御書：「不然則命非飲冰，幸安中土，又安能崎嶇執事之末？」明史李應申傳：「陛下振紀綱，則片紙若霆；大臣捐私曲，則千里運掌；臺諫任糾彈，則百司飲冰。」

亦引申作清苦廉潔。唐姚合（七八一？—八四六）心懷霜詩：「還如飲冰士，勵節望知音。」清錢謙益（一五八二—一六六四）譚性教授承德郎制：「飲冰之操，已著於當時；如水之心，可徵於受事。」

近人梁啟超（一八七三—一九二九）早年為其書齋命名「飲冰室」，其來有自。

九、稗海

ㄅㄞˋ ㄏㄞˇ。傳說中距離遙遠的海域。東漢王充（二七—？）論衡談天：「在東南隅名曰赤縣神州，復更有八州，每一州者四海環之，名曰稗海。九州之外，更有瀛海。」

十、雲泥

後漢書逸民傳矯慎：「（吳蒼）遺書以觀其志曰：『仲彥足下，勤處隱約，雖乘雲行泥，棲宿不同，每有西風，何嘗不歎！』」雲在天，泥在地，後人遂用「雲泥」比喻兩物相去甚遠，差異甚大，南朝梁荀濟（？—？，梁武帝時人）贈陰梁州詩：「雲泥已殊路，暄涼詎同節。」唐錢起（七一〇？—七八二？）離居夜雨奉寄李京兆詩：「寂寞想章臺，始歎雲泥隔。」清王夫之（一六一九—一六九二）讀四書大全說論語堯曰篇一：「抑既為人心矣，其視道心有雲泥之隔，而安能有過于道心者乎？」

「雲泥之別」，喻高低差別懸殊；意同「雲泥之差」。

「雲泥異路」，喻彼此地位相差懸殊。南宋陳亮（一一四三—一一九四）與辛幼安殿撰書：「亮空閑沒可做時，每念臨安相聚之適，而一別遽如許，雲泥異路又如許。」剪燈餘話賈雲華還魂記：「妾命薄春冰，身輕秋葉，雲泥異路，濁水清塵。然既委身於君子，豈再托體於他人？」

亦用「雲」尊稱他人，用「泥」謙稱自己。二十年目睹之怪現狀第八回：「撿開票子看那來信，上面歪歪斜斜的，寫著兩三行字。寫的是：『屢訪未晤，為悵！僕事，諒均洞鑒……今午到關奉謁，乞少候。雲泥兩隱。』「雲」指收信者、「泥」指寫信人。兩隱，二人的名字皆隱去不具也。

十一、杏壇

相傳乃孔子（前五五一—前四七九）聚徒講學處。莊子漁父：「孔子遊乎緇帷之林，休坐乎杏壇之上。弟子讀書，孔子絃歌鼓琴。」釋文：「杏壇，司馬（彪）云：『澤中高處也。』李（頤）云：『壇名。』」按：以上所引漁父乃莊子寓言，本非實指；後人因於曲阜孔廟大成殿前，為之築壇、建亭、立碑、植杏。北宋乾興元年（一〇二二）孔子第四十五代孫道輔增修祖廟，移大殿於後，因以講堂舊基，甃石①為壇，植以杏，取杏壇之名名之，以後歷代相承。清顧炎武（一六一三—一六八二）考據綦詳。日知錄卷三一杏壇：「今夫子廟②庭中有壇，石刻曰杏壇。闕里志③：『杏壇在殿前夫子舊居。』非也。杏壇之名出自莊子。莊子曰：『孔子遊乎緇帷之林，休坐乎杏壇之上。弟子讀書，孔子絃歌鼓琴。奏曲未半，有漁父者下船而來。須④眉交白，被髮揄袂，行原以上，距陸而止。左手據膝，右手持頤，以聽曲終。』又曰：『（孔子）乃下求之，至於澤畔，方將杖拏⑤而引其船，顧見孔子，還鄉而立，孔子反走，再拜而進。』又曰：『客乃刺船而去，延緣葦間。顏淵還車⑥，子路授綏

⑦，孔子不顧，待水波定，不聞拏音⑧，而後敢乘。』司馬彪云：『緇帷，黑林名也。杏壇，澤中高處也。』莊子書凡述孔子皆是寓言。漁父不必有其人，杏壇不必有其地。即有之亦在水上葦間，依陂旁渚之地，不在魯國之中也明矣。今之杏壇，乃宋乾興間⑨四十五代孫道輔，增修祖廟，移大殿於後，因此講堂舊基，甃石為壇，環植以杏，取杏壇之名名之耳。」

「杏壇」一詞，後人遂泛指授徒講學處。北宋王禹偁（九五四—一〇〇一）贈浚儀朱學士新知貢舉詩：「潘岳花陰覆杏壇，門生參謁絳紗寬。」亦作「杏花壇」。唐王建（七六六？—？）送司空神童詩：「杏花壇上搜書時，不廢中庭趁蝶飛。暗寫五經收部秩，初年七歲著衫衣。」

又，傳說三國東吳董奉於杏林修煉成仙，後因謂道士修煉處所為杏壇。唐宋間多用以隱指道觀。唐白居易尋王道士藥堂因有題贈詩：「行行見路緣松嶠，步步尋花到杏壇。」元宋無（一二六〇—？）游三茅華陽諸洞詩：「淡染雲霞五色衣，杏壇朝罷對花披。」

①ㄓㄡˋ。砌石。白居易官舍內新鑿小池詩：「中底鋪白沙，四隅甃青石。」

②指曲阜孔廟。

③明陳鎬撰、孔允植訂補。凡廿四卷，分圖像、世家、弟子、禮樂、恩典、林廟、山川、古蹟、人物、藝文等十志，為闕里之沿革志。闕里，相傳為孔子授徒之所，在洙、泗之間。孔子在世時並無闕里之名，其名首見於漢書梅福傳，至後漢始盛稱孔子故里為闕里。

④「鬚」本字作「須」。易賁：「賁其須。」疏：「須，是上須（附）於面。」又，漢書高帝紀上：「高祖為人，隆準而龍顏，美須髯。」注：「在頤曰須，在頰曰髯。」

⑤ㄖㄠˊ。船槳。

⑥猶云將車轉頭。

⑦交給挽車的繩索。

⑧聽不到划槳的聲音。

⑨北宋乾興年間。榮按：乾興為宋真宗在位期間第五個年號，僅用一年。

十二、二十四史

四庫提要史部正史類：「正史之名，見於隋志。至宋而定著十有七。明刊監版合宋、遼、金、元四史為二十有一。皇上欽定明史，又詔增舊唐書為二十有三。近蒐羅四庫，薛居正舊五代史得裒集成編，欽稟睿裁與歐陽修書竝列，共為二十有四。」我國紀傳體史書，自唐有十三史、宋有十七史，明有二十一史之目。前清乾隆四年，詔增明史、舊唐書與舊五代史，合為二十四史。總計三、二四〇卷。茲錄其書名、卷數、撰作者如次：

一、史記　一三〇卷　西漢司馬遷

二、漢書　一二〇卷　東漢班固

三、後漢書　一二〇卷　南朝宋范曄

四、三國志　六五卷　西晉陳壽

五、晉書　一三〇卷　唐房玄齡

六、宋書　一〇〇卷　南朝梁沈約

七、南齊書　五九卷　南朝梁蕭子顯

八、梁書　五六卷　唐姚思廉

九、陳書　卅六卷　唐姚思廉

十、魏書　一一四卷　北齊魏收

十一、北齊書　五〇卷　唐李百藥

十二、周書　五〇卷　唐令狐德棻

十三、隋書　八五卷　唐魏徵

十四、南史　八〇卷　唐李延壽

十五、北史　一〇〇卷　唐李延壽

十六、舊唐書　二〇〇卷　五代後晉劉昫

十七、新唐書　二二五卷　北宋歐陽修

十八、舊五代史　一五二卷　北宋薛居正

十九、新五代史　七五卷　北宋歐陽修（又稱五代史記）

廿、宋史　四九六卷　元托克托

廿一、遼史　一一六卷　元托克托
廿二、金史　一三五卷　元托克托
廿三、元史　二一〇卷　明宋濂
廿四、明史　三三六卷　清張廷玉

廿四史有武英殿刊本（例稱殿本），民十九至廿六年間商務印書館（滬）曾陸續梓行百衲本。五〇年代，中華書局（滬）將廿四史重加校訂標點，出刊點校本。

十三、二十四孝

古代二十四名以孝行著稱，且為典型的人物。有多說，茲列表對照之：

元郭居敬二十四孝、明范泓典籍便覽卷二	清家秘本二十四孝詩注、二十四章孝行錄抄	日狩谷掖齋藏孝行錄古抄本二十四孝
虞舜、漢文帝、曾參、閔損、仲由、董永、剡子、江革、陸續、唐夫人、吳猛、王祥、郭巨、楊香、朱壽昌、庾黔婁、老萊子、蔡順、黃香、羌詩、	大舜、董永、丁蘭、閔損、剡子、孟宗、朱壽昌、田真、郭巨、老萊、吳猛、曾參、漢文帝、王褒、楊香、庾黔婁、張孝、黃香、黃山谷、陸績、唐	虞舜、老萊子、郭巨、董永、閔損、曾參、孟宗、劉殷、王祥、羌詩、蔡順、陸績、王武子、曹娥、丁蘭、劉明達、元覺、田真、魯姑、趙孝宗、鮑

十四、二十四友

晉書劉琨傳：「秘書監賈謐參管朝政，京師人士無不傾心。石崇、歐陽建、陸機、陸雲之徒，並以人才降節事謐，琨兄弟亦在其間，號曰『二十四友』。」南宋王應麟（一二二三—一二九六）小學紺珠氏族類二十四友：「郭彰、石崇、陸機、陸雲、和郁、潘岳、崔基、歐陽建、繆徵、杜斌、摯虞、諸葛詮、王粹、杜育、鄒捷、左思、劉瓌、周恢、牽秀、陳眕、許猛、劉訥、劉輿、劉琨。」王十朋（一一一二—一一七一）稱之為「二十四賓客」。渠二月望日欲勞農于弁山會風雨作詩：「天遣吾來此勞農，要令遺躅訪顏公。雖無二十四賓客，詩酒略追前輩風。」

十五、廣大教化主上

唐詩紀事卷六五張為：「為作詩人主客圖序曰：『若主人門下處，其客者以法度一則也。以白居易為廣大教化主上，入室楊垂，入室張祜、羊士諤、元稹，升堂盧仝、顧況、沈亞之，及門費冠卿、皇甫松、殷堯蕃、施肩吾、周元範、祝元膺、徐凝、朱可名、陳標、童翰卿。……金紫雍容富貴身，絳帳恩深無路報，語餘相聚卻酸辛。』」

廣大教化主上，有稱廣大教化主。張為（？—？），閩（今福建）人。嘗舉進士不第。大中十二年（八五八）為游歷至長沙，以詩酒自得，不復汲汲於科場。後南游釣臺山訪道，遂不知所終。渠工詩，善品評，撰有唐詩人主客圖，將唐代詩人依作品內容、風格等分六類，各以一人為主。白居易主張「文章合為時而著，歌詩合為事而作」，其新樂府多為諷諭時事，刻畫民生疾苦之作，流傳極廣，為時人所推崇，由是張尊之為詩人之首，稱廣大教化主上。另以孟雲卿（七二五？—？）為高古奧逸主上，李益（七四八—八二七？）為清奇雅正主上，孟郊（七五一—八一四）為清奇僻苦主上，鮑溶（？—？；元和四年進士）為博解宏拔主上，武元衡（七五八—八一五）為瓌奇美麗主上。主下為客，分入室、及門、升堂，所著錄近百人，為後來宋人詩派之所本。清李調元（一七三四—一八〇二）序略以：謂主者，皆有標目。餘有升堂、入室、及門之殊，皆所謂客也。宋人詩派之說，實本於此。然所錄落落僅此數人，於唐代詩人中未及十分之三四，即形謂諸人之詩，亦非其集中之傑出者，或第其耳目所及而次第，故不繁稱博引。

詩人主客圖序今存一卷。新唐書藝文志著錄張為詩一卷，已佚。全唐詩存渠詩三首、斷句一聯（卷七二七），又全唐詩補編、續補編，收其詩一首、斷句一聯（卷九）。生平事略詳唐杜光庭（八五〇—九三三）毛仙翁傳與唐才子傳校箋（卷一〇）。

十六、二賢

稱譽顏真卿與范仲淹。南宋王十朋[①]寄南安鹿宰詩：「春秋重復古，二賢還舊祠。」元一統志饒州路[②]古跡：「二賢堂，堂在饒州路。二賢，唐顏真卿、宋、范仲淹也。舊志……

又云，內有思賢堂，王十朋所建，亦為二賢設也。」

顏真卿（七〇九—七八五）唐臨沂（今山東臨沂縣）人。字清臣。開元間舉進士，累官至監察御史，以忤楊國忠出為平原太守，料安祿山必反，豫為之備。天寶十四載（七五五）祿山反，真卿與從兄杲卿共起兵，鄰近十七郡響應。亂平，入官京師，連遭讒貶黜。後為刑部尚書，封魯郡公，世稱顏魯公。肅宗、代宗朝數正言，為廷臣所不喜。德宗建中三年（七八二），李希烈自稱天下都元帥，陷汝州，受命前往勸諭，持節不屈，被害。魯公善真、草，筆力沉著雄渾，為世所珍，曰顏體。今故宮博物院尚藏有其真蹟多幅。並遺有文集行世。新舊唐書有傳。

范仲淹（九八九—一〇五二）北宋蘇州吳縣人。父諱墉，渠二歲而孤，母貧無依，改嫁朱氏，因易姓朱、名說。大中祥符八年（一〇一五）登進士。母喪，復本姓，更名仲淹，字希文。為秀才時，嘗言「士當先天下之憂而憂，後天下之樂而樂」，以天下為己任。官至陝西四路安撫使，參加政事。仁宗朝，與韓琦率兵同拒西夏，鎮守延安，夏人相戒言：「小范老子胸中有數萬甲兵」，邊境得相安無事。銳意改革時政，考核官吏，裁減閒冗，為言者所攻，皆未果行。卒諡文正。仲淹工詩詞文，有范文正公集存世。宋史有傳。

①王十朋（一一一二—一一七一）南宋溫州樂清（今浙江樂清縣）人。字龜齡，號梅溪。資質穎悟，髫齡讀書日誦數千言。及長，有文行。入太學，深得主司器重。紹興廿七年（一

一五七）擢進士第一，授紹興府簽判，歷官國子司業、起居舍人、侍御史。隆興元年（一一六三）張浚北伐失利，主和者乘機鼓吹和議；渠上疏力陳恢復大業不可以一敗而為羣議所搖。旋出知饒、夔、湖、泉四州，除弊救灾，迭著治績。所至，人繪而祠之；去之曰，老稚攀留涕泣，越境以送，思之如父母。以龍圖閣學士致仕。卒謚文忠。遺著梅溪集五四卷，今有明正統五年（一四四〇）劉謙刊本，其詩渾厚質直、懇惻條暢，如其為人；全宋詞收錄其詞二〇闋。宋史有傳。

②饒州，舊府名。約在今江西上饒（廣信）。春秋時，屬楚東境。隋平陳，置鄱陽郡。唐武德四年（六二一）置饒州。元改稱饒州路。明初，稱鄱陽府，尋改饒州府，清因之，府治鄱陽縣。民元裁府留縣（舊唐書地理志三、嘉慶一統志卷三一一等）

十七、三才

天、地、人合稱三才。語出易說卦：「是以立天之道，曰陰與陽；立地之道，曰柔與剛；立人之道，曰仁與義；兼三才而兩之，故易六畫而成卦。」東漢王符（一二七？—一八九？）潛夫論本訓：「是故天本諸陽，地本諸陰，人本中和。三才異務，相待而成。」北周庾信（五一三—五八一）宮調曲：「三才初辨，六位始成。」

紀昀（一七二四—一八〇五）河間人，字曉嵐，博覽羣籍、文才斐然，乾隆十九年進士，深得高宗寵信，總纂四庫全書，為文學侍從之臣。某日，應急召，匆匆入宮；司閽太監故意刁難，合撰一上聯，強曉嵐對之。昀曰：「請便。」太監徐徐然出示曰：「三才天地人。」渠不加思索對以：「四季夏秋冬。」眾司閽齊聲曰：「四季春夏秋冬；不是嗎？」昀顧而應之曰：「你們那有『春』？」太監皆愕然無言，曉嵐遂快步入殿備詢。

三才，亦指稱三位齊名之才子：

晉書劉輿傳：「時稱越府有三才：潘滔大才、劉輿長才、裴邈清才。」北史魏收傳：「（魏收）與濟陰溫子昇、河間邢子才齊譽，世號三才。」

三才，亦通三材，詳清納蘭性德（一六五五—一六八五）淥水亭雜識卷三，茲從略。

十八、三友

有多說；與三種人或三個人或三種物或三種人、物為友。

論語季氏：「益者三友，損者三友。友諒、友直、友多聞①，益矣。友便辟、友善柔、友便佞，②損矣。」謂友道損益有三也。北宋秦觀（一〇四九—一一〇〇）送少章弟走赴仁和主簿詩：「投閑數訪之，可得三友益。」明楊慎（一四八八—一五五九）送謝子佩詩：「益者來三友，同心得二人。」

莊子大宗師：「子桑戶、孟子反、子琴張三人相與友，曰：『孰能相與於無相與相為於無相為？……相忘以生，無所終窮。』三人相視而笑，莫逆於心，遂相與友。」宋史隱逸上高懌：「（高懌）與同時張蕘、許勃號南山三友。」南宋王應麟小學紺珠名臣類下三友：「高懌、張蕘③、許勃，從种放，號南山三友。」又，「李舒、李展、張舜儀，李子長為邠州，得善士三人，圖其象於學館，名堂曰：『三友浮休集』。」

唐元結（七一九—七七二）丐論：「天寶戊子中④，元子⑤遊長安，與丐者為友。或曰：『君友丐者不太下乎？』對曰：『古人鄉無君子，則與雲山為友；里無君子，則與松竹為友；坐無君子，則與琴酒為友。……』」清趙翼（一七二九—一八一四）陔餘叢考歲寒三友：「元次山丐論⑥云：『古人鄉無君子，則與山水為友；里無君子，則以松竹為友；坐無君子，則以琴酒為友。』東坡詩：「風泉兩部樂，松竹三益友。⑦」白居易北窗三友詩：「三友者為誰？琴罷輒舉酒，酒罷輒吟詩，三友遞相引，循環無已時。一彈愜中心，一詠暢四肢，猶恐中有閒，以醉彌縫之。」

北宋蘇軾題文與可畫云：「梅寒而秀，竹瘦而壽，石醜而文，是為三益之友。」清俞樾（一八二一—一九〇六）茶香室叢鈔梅竹石三友：「今人但知松竹梅為三友，莫知梅、竹、石之為三友也。」

南宋辛棄疾（一一四〇—一二〇七）念奴嬌贈妓善作墨梅詞：「松篁佳韻，倩君添作三友」明馮應京（？—？）月令廣義亦以松、竹、梅為三友。⑧清朱耷⑨（一六二四—一七〇五）題三友圖詩序：「三友，歲寒梅、竹、松也。」

月、梅、杖，亦合稱三友。南宋陸游梅花詩：「江上梅花吐，山頭霜月明，摩挲古藤杖，三友可同盟。」

清翟灝（?—一七八八）通俗編飲食三友：「河剡酒爾雅：『樂天⑩以詩、酒、琴為三友；今人指三友為酒，音同之訛。』留青日札：『今稱酒曰三酉，皆言三點水加酉也；然當作三友。』按：酒雖三友之一，未可以一該三。俗情自折⑪酒字為辭，未必本樂天事」

①堂堂正正，不拐彎抹角，曰直。誠實、不欺曰諒。見多識廣，通達事理，曰多聞。

②足恭，體柔而不直，曰便辟。令色、面柔而不涼，曰善柔。巧言、口柔而聞見之實，曰便佞。

③嶤，宋史作「蕘」。前者本作嶢，ㄧㄠˊ。高遠也。後者，ㄖㄠˊ。柴草之屬，大曰薪、小曰蕘。顯然，小學紺珠誤植。

④天寶七載（公元七四八年）年。

⑤作者自稱。

⑥元結字次山；趙引文字與元次山集所刊不盡一致。

⑦遊武昌寒溪西山寺詩。

⑧參朱耷題三友圖詩序。

⑨耷，ㄉㄚ。大耳朵。詳玉篇。朱耷。字人屋，自署雪箇、箇山、驢漢、書年、洛園。明宗室，明亡遁入佛門。擅山水花鳥竹石，筆墨恣縱，獨具一格；嘗持八大人覺經，因以為號曰八大山人。書畫署款八大二字連寫，山人二字連寫，或說狀「哭」、「笑」二字。

⑩白居易字樂天。餘參前引北窗三友五古。

⑪猶自斷也。

十九、三虎

虎，猛獸也。因用以喻同時以雄傑著稱之三人。

後漢書黨錮傳：「賈彪字偉節，潁川定陵人也。少遊京師，志節慷慨，與同郡荀爽齊名。……以黨禁錮，卒於家。初，彪兄弟三人，並有高名，而彪最優，故天下稱曰『賈氏三虎，偉節最怒。』」

宋史楊億傳：「（楊）紘①字望之，以蔭歷官知鄞縣。鄞濱海②，惡少販魚鹽者，羣居洲島，或掠商人財物入海，吏不能禁。紘至，設方略，使識者質惡少船，及歸，始給還，且戒諭之，由是不敢為盜。……紘御下急，常曰：『不法之人不可貸。去之，止不利一家爾，豈可使郡邑千萬家，俱受害邪？』聞者望風解去，或過期不敢之官。與王鼎、王綽號『江東三虎』。」

①楊億之從子；億無子嗣，以紘為後，因得蔭出仕。

②猶臨海。

二十、三豹

豹，貓科猛獸。盛唐初，監察御史王旭、李嵩、李全交，三人皆嚴酷，京師號三豹，民間相詛曰：「若違教，值三豹。」後人遂以三豹隱稱酷吏。

新唐書酷吏傳：「王旭者，貞觀侍中珪孫也。……官數遷，常兼御史。其為人苛急，少縱貸，人莫敢與忤。每治獄，囚皆逆服。製獄械，率有名，曰『驢駒拔橛』、『犢子縣』等，以怖下，又縋髮以石，脅臣之。時監察御史李嵩、李全交皆嚴酷，取名與旭埒，京師號『三豹』，嵩為赤，全交為白，旭為黑。里閭相詛曰：『若違教，值三豹。』」

廿一、三害

西晉陽羨周處（二三八—二九七），少時橫行鄉里，當地人將渠與南山白頭虎、長橋下蛟並稱為三害。處得知，即射虎斬蛟，改過自新，從陸機（二六一—三〇三）、陸雲（二六二—三〇三）昆仲學，三害遂並除。

晉書周處傳：「周處字子隱，義興陽羨人也。父魴，吳鄱陽太守。處少孤，未弱冠，臂力絕人，好馳騁田獵，不脩細行，縱情肆慾，州曲患之。處自知為人所惡，乃慨然有改勵之志，謂父老曰：『今時和歲豐，何苦而不樂邪？』父老歎曰：『三害未除，何樂之有？』處曰：『何謂也？』答曰：『子若除之，則一郡之大慶，非徒去害而已。』處乃入山射殺猛獸，因投水搏蛟，蛟或沈或浮，行數十里，而處與之俱，經三日三夜，人謂死，皆相慶賀。處果殺蛟而反，聞鄉里相慶，始知人患己之甚，乃入吳尋二陸。時機不在，見雲，具以情告，曰：『欲自修而年已蹉跎，恐將無及。』雲曰：『古人貴朝聞夕改，君前塗尚可，且患志之不立，何憂名之不彰！』處遂勵志好學，有文思，志存義烈，言必忠信克己。朞年，州府交辟。仕吳為東觀左丞。……」

廿二、日者

有四義：

一、古，以占候卜筮①為業者。墨子貴義：「子墨子北之齊，遇日者。」史記日者列傳②裴駰題解云：「古人占候卜筮，通謂之日者。」唐賈島（七七九—八四三）逢博陵故人彭兵曹詩：「遇逢日者教求祿，終傍泉聲擬置家。」北宋吳處厚（？—？）青箱雜記卷四：「（宋咸）猶未第，客游鄱陽。有日者妙於星術，宋往叩之。」

清紀昀閱微草堂筆記如是我聞二：「有故家子，日者推其命大貴，相者云之大貴。」

二、往日。從前。戰國策齊策五：「日者，中山悉起而迎燕、趙，南戰于長子，敗趙氏。」榮按：一本作「昔者」。漢書高帝紀下：「吳，古之建國也，日者荊王兼有其地，今死亡後。」顏師古注：「日者，猶往日也。」續資治通鑑宋孝宗淳熙元年：「大臣之食，皆民脂膏，日者品味太多，徒為虛費，自今進可口者數品而已。」

三、近日。後漢書光武帝紀下：「九月戊辰，地震裂。制詔曰：『日者地震，南陽尤甚。』」金史僕散揆傳：「以汝宣獻皇后之親，故令尚主，謂當以忠孝自勵。日者乃與外人竊議，汝腹中事朕不能測，其罷歸田里。」

四、某日。近人梁啟超意大利建國三傑傳第五節：「（加里波的）以桑安尼阿一戰，獲全捷，凱旋於門德維拉府，……日者，法國水師提督慕其高義，造門求謁，則敗屋數椽，不堪風雨。」

廿三、四教

論語述而：「子以四教：文、行、忠、信。」

朱注引程子曰：「教人以學文、修行，而存忠信也。忠信，本也。」劉寶楠正義：「文謂詩、書、禮、樂。凡博學、審問、慎思、明辨，皆文之教也。行謂躬行也。中以心曰忠。恆有諸己曰信。人必忠信，而後可致知力行。故曰忠信之人，可以學禮。此四者，皆教成人之法，與教弟子先行後學文不同。」

廿四、詩教

論語陽貨：「子曰：『小子！何莫學夫詩？詩，可以興、可以觀、可以羣、可以怨，邇之事父，遠之事君，多識於鳥獸草木之名。』

詩，指詩經。興，ㄒㄧㄥˋ。譬喻。何晏集解引孔安國曰：「興，引譬連類。」①觀，察。猶詳考細究。禮記王制：「命大師陳詩，以觀民風。」羣，和以屬眾。猶互切互磋，和而不流。荀子王制：「人能羣，彼不能羣也。」怨，譏諷。何晏集解引孔安國曰：「怨，刺上政。」左傳襄公二十七年：「詩以言志，志誣其上而公怨之，以為賓榮，其能久乎？幸而後亡。」清王引之（一七六六—一八五四）經義述聞春秋左傳中：「怨，刺也。言伯有②志誣其君，於君享趙孟③之時，賦鶉之賁賁④之詩，公然譏刺之，以為賓榮寵也。」

近人蔣伯潛（一八九二—一九五六）云：「詩為文學作品，感人最易，可以興感人之情意，故曰『可以興』。詩皆美刺政治，抒寫人情之作，可以考見得失，了解人情，並可以觀察各時代各地方之風俗。春秋時，列國大夫多賦詩見志，故曰『可以觀』。詩教溫柔敦厚，且通於樂，樂以和為主，故曰『可以羣』。詩所以寫哀怨之情，亦用以諷刺政治，但怨而不怒，哀而不傷，不務言理而言情，不務勝人而感人，故曰『可以怨』。小之則寫家庭之情感，故近之可以事父；大之則陳政治之美刺，故遠之可以事君。其中多托物比興，用鳥獸草木為譬，故其緒餘，又足以資多識也。」⑤

①詳論語集解陽貨。何晏（一八九？—二四九）東漢、曹魏間人。字平叔。原籍南陽宛（今河南南陽）。祖，何進。父早亡，母尹氏為曹操所納，晏同時亦為操收養，為操所愛。渠早慧；面白貌美，眾異之，每疑其傅粉。聚操女金鄉公主，拜駙馬都尉。因恃操之寵，無

所顧憚，曹丕甚惡之，謔稱之曰「假子」。丕代漢，終黃初之世，晏始終閑散。明帝間，亦未居要職。齊王芳正始初（二四〇）遷散騎侍郎、侍中、吏部尚書。時曹爽為大將軍，與太傅司馬懿共受遺詔輔政。晏依附爽，與司馬懿爭權。爽、晏自滿驕盈；懿深沉陰鷙。嘉平元年（二四九）高平陵之變，曹爽、何晏、鄧颺等遭誅殺，並夷三族。晏好黃老之道，與夏侯玄、王弼等倡導易、老、莊，主「貴无」之論，競事清談，開一時風氣，人稱正始名士。能文，有集十卷，已佚。景福殿賦等十四篇，收錄於全上古三代秦漢三國六朝文。詩二首、另佚句二，錄存於先秦漢魏晉南北朝詩。與孫邕合撰論語集解十卷，今存。

②良霄（？—前五四三）一稱伯有。春秋鄭大夫。鄭簡公四年（前五六二），晉率諸侯之師伐鄭，渠奉命使楚告以鄭將臣服于晉，為晉拘囚，三年後得釋。二十年，銜命至宋參與晉楚締結弭兵之盟。後因驕侈剛愎，為駟氏所殺。

③或稱趙文子，名武（約前五八九—前五四一）春秋晉大夫。父朔。母莊姬，晉景公女兒，與趙嬰私通，趙同、趙括因將嬰放逐至齊。莊姬向景公誣告同、括等人將為亂。公元前五八三年，景公誅滅趙氏，武與其母畜養于宮中。因韓厥請，立為趙氏之後。晉悼公新立，任為卿。晉平公十年（公元前五四八），為中軍元帥，執政。令減少諸侯納幣之數，而以重禮待諸侯。十七年春，會同楚公子圍與齊、宋、衛、陳、蔡、鄭等國大夫，許、曹二國國君，加盟于虢（鄭地，今鄭州北），以重溫宋盟（前五四六）之好。按：史記趙世家載趙氏遇誅與趙武復立等故事，與此大異，當為傳說。

④詩鄘風鶉之賁賁：「鶉之賁賁，鵲之彊彊，人之無良，我以為兄。鵲之彊彊，鶉之賁賁，人之無良，我以為君。」

⑤論語新解下論（啟明民四五臺二版）

廿五、俠骨

英武剛強或見義勇為之性格與氣質。西晉張華（二三二—三〇〇）博陵王宮俠曲之二：「生從命子游，死聞俠骨香。」唐王維（七〇一—七六一）少年行之三：「孰知不向邊庭苦，縱死猶聞俠骨香。」清袁枚（一七一六—一七九七）隨園詩話卷七：「柳如是①、顧橫波②……兩夫人恰禮賢愛士，俠骨稜嶒。」近人柳亞子弔鑑湖秋女士③詩：「已拼俠骨成孤注，贏得英名震萬方」

①（一六一八—六四）。本姓楊、名愛，後改姓柳、名隱，又易名是，字如是，號河東君，又號蘼蕪君，清吳江（今屬江蘇）人，一說嘉興人。明末名妓，後為錢謙益（一五八二—一六六四）側室。明亡時，勸謙益自盡，不從。渠能詩畫，遺有戊寅草、柳如是詩。

②生卒年不可考。初名媚，字眉生，號橫波，又字智珠，別字眉莊，清江蘇上元（今南京市）人。合肥龔鼎孳（一六一五—一六七三）納為側室。近人俞陛雲（一八六八—一九五〇）清代閨秀詩話謂渠「在秦淮，麗質清才，名與河東君埒。」善作花卉，尤擅寫蘭。陳維崧

（一六二五—一六八二）婦人集稱其畫蕙蘭「蕭散落拓，畦徑都絕，固當是神情所寄。」工詞。全清詞鈔搜錄之。著有柳花閣集。生平事略見全清詞鈔卷卅、清詩紀事列女。鼎孳，字孝升，號芝麓，江南合肥（今安徽合肥）人。明崇禎七年（一六三四）進士，授兵部給事中。入清，官至禮部尚書，卒謚端毅。乾隆卅四年，詔削其謚。渠天才宏肆，千言立就，以詩詞古文鳴世。與錢謙益、吳偉業（一六〇九—一六七二）並稱江左三大家。生平事略分見清史稿卷四八四、清史列傳卷七九與貳臣傳（乙）等書。俞陛雲，俞樾之孫。

③秋瑾（一八七五—一九〇七）原名閨瑾，改名瑾，字璇卿，又字競雄，別號鑒湖女俠、漢俠女兒。清浙江山陰（今紹興）人。祖秋嘉禾，同治舉人，官至臺灣鹿港廳同知。父秋壽南，亦同治舉人，官至知州。渠髫齡習詩詞、女紅，亦習騎馬、擊劍。曾隨父祖遊宦閩、臺、湘諸省。光緒廿二年，適湘潭王廷鈞。光緒廿八年後，其夫兩度赴京捐官，渠均隨同。廿九年，定居北京。次年赴日留學。先後參加共愛會、演說練習會、洪門天地會等組織。卅一年，返國。加入光復會。復返日，參加同盟會，任總部評議員與浙省主盟人。創辦白話雜誌，學習射擊與製造炸藥，反清之志益堅。是年冬，日文部省頒布清韓留學生取締規則、關於清國人入學之公私立學校規程，嚴加限制我留日學生政治活動，渠憤而歸國。卅二年春，任教浙江潯溪女學堂。當年冬，抵滬創辦中國女報。卅三年春，改任紹興大通學堂督辦。擬定光復軍組織計畫、起草光復軍起義檄，預定與徐錫麟（一八七三—一九〇七）同時發動皖、浙二省武裝革命。徐安慶起義失敗，被捕就義。農曆六月初六（七月十五

日），秋瑾亦遭浙省地方官逮捕，旋於紹興就義。國父孫中山先生（一八六六——一九二五）曾題詞贊秋瑾為「巾幗英雄」。邵元沖（一八九〇——一九三六）評曰：「鑒湖女俠成仁取義，大義炳然，不必以文詞鳴而自足以不朽。然即以文詞而論，朗麗高亢，亦有漸離擊筑之風；而一往三嘆，音節瀏亮，又若公孫大娘舞劍，光芒燦然，不可迫視。」（秋瑾女俠遺集序）。生平事略分見郭長海等秋瑾事迹研究、郭延禮秋瑾年譜等。遺有秋瑾集傳世。

廿六、馬子

有多義：

一、馬桶。指便器言①。南宋趙彥衛（？——？；宗室。隆興元年進士）雲麓漫鈔卷四：「漢人目溷器為虎子。鄭司農（眾）注周禮有是言。唐人諱虎，改為馬，今人云廁馬子者是也。」明湯顯祖（一五五〇——一六一七）牡丹亭鬧殤：「雞眼睛不用你做嘴見挑，馬子兒不用你隨鼻兒倒。」兒女英雄傳第九回：「請問：一個和尚廟，可那裏給你找馬子去？」

二、賭博時，用以計資的籌子。即籌碼。清虞兆漋（？——？）天香樓偶得馬子寓用：「賭博者以物衡錢，謂馬子。」亦作「碼子」。歧路燈第二〇回：「（盛希僑）說道：『你家未必有賭籌，快取四五吊錢，做馬子。』又，第二四回：「到完場時，都照碼子過現銀子。」

三、方言。男巫的一種。歧路燈第四七回：「鄭大嫂道：『是上年天旱，槐樹莊擂了一個馬子，說是猴爺，祈了一壇清風細雨，如今施金神藥，普救萬人。』」欒星注：『馬子，覡的一種，豫俗稱馬子。』覡，ㄒㄧˊ。為人禱祝於神鬼之男子。國語楚語下：「先是則明神降之，在男曰覡，在女曰巫。」豫，河南省簡稱。

四、指土匪。如：「馬子來了，快快關門！」

五、馬。今人耶林月臺上：「馬子不肯聽車夫擺布，在雪地裏狡猾地盤旋著。」

六、指幼馬。讀作ㄇㄚˇ ㄗˇ。清李元（？—？）蠕範物生：「馬子：騇②、駒、騑、駣。」

①清俞樾茶香室叢鈔八大王之子：「元吳自牧夢粱錄有項桶、浴桶、馬子桶之名，此言馬子……即今所謂馬桶也。在宋時已有馬子桶之稱。」榮按：今人有謂女友曰馬子，乃江湖鄙劣隱語，不宜使用之。

②ㄏㄠˋ。本作「騍」，意謂馬一歲。

廿七、淥老

俗稱眼睛。淥，ㄌㄨˋ。同「漉」。過濾也。唐司空圖（八三七—九〇八）二十四詩品含蓄：「如淥滿酒，花時返秋。」

金董解元（？—？。籍里亦不詳）西廂記諸宮調①卷一：「那鶻鴒②淥老兒，難道不清雅？見人不住偷情抹。」元王實甫（？—？，大德間人。）西廂記第一本第二折：「胡伶③淥老不尋常，偷睛望，眼挫④裏抹張郎。」王嘉甫（？—？，元時人）八聲甘州套曲：「窄弓弓⑤撇道，溜刀刀⑥淥老，稱霞腮⑦一點朱櫻⑧小。」

①又稱董西廂，以別於元王實甫雜劇西廂記。又，專用絃索，一人彈唱到底，故亦稱絃索西廂。
②ㄏㄨˊ ㄌㄥˊ。亦作「鶻伶」。一種目光尖銳的鳥。恆用以形容目光明快、靈活或聰明伶俐。
③亦作「胡伶」。聰明伶俐。
④眼梢。眼角。
⑤形容纏足的婦女，腳型纖小，足背隆起的樣子。
⑥悄悄地轉動。「刀」，通「刁」。莊子齊物論：「厲風濟則眾竅為虛，而獨不見之調調之、刁刁乎？」
⑦美女豔麗的容顏。
⑧指唇。

廿八、雞籠

臺灣北端之地，以山得名。明史卷三二三雞籠：「雞籠山在彭湖嶼東北，故名北港，又名東番，去泉州甚邇。地多深山大澤，聚落星散，無君長，有十五社，社多者千人，少或五六百人。……」清史稿卷七一臺灣：「臺灣屹峙海中，為東南屏障，四面環海，崇山峻嶺，橫截其中，背負崇岡，襟帶列島。浪嶠南屏，雞籠北衛，澎湖為門戶，鹿耳為咽喉。七鯤身毗遼環護，三茅港匯聚澄泓。畜牧之饒，無異中土。」又，「雞籠山，在基隆廳東。」即今新北市瑞芳區基山里三尖鞍與蝙蝠洞、焿子寮之間，其西側有碧山煤礦；山高五五〇公尺。

雞籠，昔亦稱大雞籠。天啟六年（一六二六），西班牙以保護中國與呂宋間之商務為由，派提督安東尼奧・卡雷諾（Antoino Carreno de Valdes）率大划船二艘、戎克船十二艘、兵士三百名侵臺。自呂宋島循臺灣東海岸，經三貂角（Santiago），進入雞籠港（Santisima Trinidad），佔領社寮島，於該地築城（San Salvedor），且立砲臺四座。同年，馬丁涅（Bartolome Martinez）就地設教堂，對附近土著傳教。南明永曆十五年（清順治十八年，一六六一）十二月，延平郡王鄭成功接受荷蘭駐臺灣熱蘭遮城長官揆一（Fraderik Coyett）投降，部分荷蘭殘部仍據守北臺雞籠、滬尾二地西班牙舊城堡，以圖頑抗，且久戀不去。永曆二十二年（康熙七年，一六六八）九月，明鄭勇衛黃安督水陸二軍北征，荷人不支，孤軍援絕，乃自毀城，遁入海中。旋設北路安撫司。光緒元年（一八七五）六月，總理船政大臣沈葆禎會同閩督、撫，奏請增設臺北一府三縣，以資治理。十二月，廷諭准設臺北一府三縣，治艋舺，附郭曰淡水，改淡水廳為新竹縣、噶瑪蘭廳為宜蘭縣。雞籠改名基隆，新設廳、置通判，歸臺北府轄。日治初，仍沿清制稱基隆廳。旋改為支廳。大正九年（民九，一九二〇），改廳為州，改支廳為郡、市，廢區、堡、里、澳、鄉鎮設街、莊。基隆支廳改稱基隆郡，十三年冬（一九二三）與高雄同時陞格為市。自前清基隆廳迄日治基隆市，其所轄區域除目前全市區外尚包括今新北市瑞芳區、貢寮區、金山鄉等三區。光復後，瑞芳、貢寮與金山劃歸臺北縣轄，幅員雖顯著縮小；惟經核定為省轄市。基隆港屬天然良港，為我國九大一等港之一。

廿九、二十四橋

古名勝舊跡。在江蘇江都縣（今稱揚州市）西門外。唐杜牧寄揚州韓綽判官詩：「青山隱隱水遙遙，秋盡南江草木凋。二十四橋明月夜，玉人何處教吹簫？」北宋沈括（一〇三〇—一〇九四）夢溪筆談補筆談雜誌：「揚州在唐時最為富盛，舊城南北十五里一百一十步，東西七里十三步，可紀者有二十四橋。最西濁河茶園橋，次東大明橋，今大明寺前。入西水門有九曲橋，今建隆寺前。次東正當帥牙南門，有下馬橋，又作東作坊橋，橋東河轉向南，有洗馬橋，次南橋，見在今州城北門外。又，南阿師橋、周家橋今此處為城北門。小市橋、今存。廣濟橋今存。新橋、開明橋、今存。顧家橋、通泗橋、今存。太平橋、東水門，今有新橋，非古蹟也。東出有山光橋。見在今山光寺前。又自衙門下馬橋直南有北三橋、中三橋、南三橋，號『九橋』，不通船，不在二十四橋之數，皆在今州城西門之外。」清李斗（？—一八一七）揚州畫舫錄岡西錄：「廿四橋即吳家磚橋。一名紅藥橋，在熙春臺後。平泉湧瀑之水，即金匱山水。由廿四橋而來者也。橋跨西門街東西兩岸。磚牆庋版。圍以紅欄。直西通新教場，北折入金匱山。橋西吳家瓦屋圩墻上石刻『煙花夜月』四字，不著書者姓名。揚川鼓吹詞序云：『是橋因古之二十四美人吹簫于此，故名。或曰即古之二十四橋。二說皆非。按：二十四橋見之沈存中補筆談。記揚州二十四橋之名，曰濁河橋、茶園橋、大明橋、九曲橋、下馬橋、作坊橋、洗馬橋、南橋、阿師橋、周家橋、小市橋、廣濟橋、新橋、開明橋、顧家橋、通明橋、太平橋、利國橋、萬歲橋、青園橋、驛橋、參佑橋、山光橋、下馬橋、實有二十四名。美人之說，蓋附會言之矣。程午橋揚州名園記，謂後人因姜白石揚州慢（慢）詞念橋邊紅藥句，遂以紅藥名是橋。且謂白石詞中念橋二字，即古之二十四橋，不知本詞云：『二十四橋，仍在波心蕩。冷月無聲，念橋邊紅藥。年年知（為）誰生？』『念』字作『思』字解，是思二十四橋邊紅藥年年為誰生之意耳，非橋名也。」

方輿勝覽卷四四：「隋置並以城坊市為名。後韓令坤省築州城，分布阡陌、別立橋梁，所謂二十四橋者，或存或廢，不可得而考」云。

卷二

一、一二二一

謂一即二、二即一也。名異實同。

景德傳燈錄善提達磨：「一二二一，皆彼所生，依教無染，此名戒行。」榮按：「善提達磨天竺人，省稱達磨。本名善提多羅，梁普通元年（五二〇）入中原，武帝迎至金陵。後渡江赴魏，止嵩山少林寺，面壁九年而化。傳法於神光（慧可），禪宗稱為天竺禪宗第二十八祖，中華初祖。（景德傳燈錄卷三、續景德傳錄卷二八）。又達磨，亦作達摩，梵語音譯，漢譯曰法。法分經、律、論。（翻譯名義集卷五）

二、一二三四五六七

屬歇後語。隱射忘八。

清蒲松齡（一六四〇—一七一五）聊齋志異三朝元老：「（某中堂）享堂落成，數人直宿其中。天明，見堂上一匾云：『三朝元老。』一聯云：『一二三四五六七；孝弟忠信禮義廉。』不知何時所懸。怪之，不解其義。或測之云：『首句隱亡八，次句隱無恥也。』」

三、一人之交

意謂親密如一人。恒指至交好友。

儒林外史第五十四回：「那時我家先父就和婁氏兄弟是一人之交。」天雨花第十一回：「我聞老孫與有權一人之交，結為兄弟；他也自然來拜壽，如何潛躲在廳門？」

四、一人有慶

書呂刑：「一人有慶，兆民賴之，其寧惟永。」孔傳：「天子有善，則兆民賴之，其乃安寧長久之道。」後恒用以為歌頌帝王德政之詞。晉書樂志上：「上教如風，下應多卉，一人有慶，羣萌以遂。」清昭槤（一七七六—一八三〇）嘯亭雜錄木蘭行園制度：「諸藩部落、蒙古仰瞻聖武，莫不歡欣踴躍，以頌『一人有慶』也。」

五、一人永占

李玉（一五九一？—一六七一？）字玄玉，一作元玉，號一笠菴、蘇門嘯侶，明末清初江南吳縣（今江蘇吳縣人，一作吳州、今蘇州）人。屢赴鄉試不第。崇禎間，中副榜舉人。入清，絕意科名，專心於戲曲。渠作品盛行，名滿天下。新作甫成，戲班競相爭演。與吳偉業、朱佐朝、朱䧥、畢魏、葉時章、張大復等相從甚密。吳偉業北詞廣正譜序稱許李玉：「好奇學古士也，其才足以上下千載，其學足以囊括藝林。」謂李作「即當場之歌呼笑罵，以寓顯微闡幽之旨，忠孝節烈，有美斯彰，無微不著。」

玉所撰傳奇，以一笠菴四種曲最為有名。一捧雪、人獸關、永團圓、占花魁，俱二卷，時人合稱「一人永占」。生平事跡詳民國吳縣志卷七五。

六、一人之下，萬人之上

意林卷一引六韜：「屈一人下，伸萬人上，惟聖人能行之。」漢書蕭何傳：「夫能詘於一人之下，而信於萬乘之上者，湯武是也。」一人，指天子。萬人，謂百官。恆用以指地位崇高、權勢顯赫之宰輔大臣言。元無名氏連環計第二折：「董卓比丁建陽如何？司徒！你怎生立一人之下，坐萬人之上，調和鼎鼐，燮理陰陽，但能使呂布生心，董卓不足圖矣。」明葉子奇（？—？，元末明初人）草木子雜制：「元西域胡僧八思麻，知緯候，佐世祖定天下，制蒙古字書，以七音為本，特定一代之文，封為帝師，詔尊之曰：『一人之下，萬人之上，西方佛子，大元帝師。』」醒世姻緣傳第七十回：「童七只是磕頭說道：『老公在一人之下，萬人之上，滄海似的大量哩，就合小的這們東西一般見識？』」

七、一人得道，雞犬升天

與「雞犬皆仙」、「犬吠雲中」、「淮南雞犬」等皆同出一源。傳說西漢淮南王劉安學道成仙，家中雞犬亦隨之升天。東漢王充論衡道虛：「儒書言：淮南王學道，招會天下有道之人，傾一國之尊，下道術之士，是以道術之士並會淮南，奇方異術，莫不爭出。王遂得道，舉家升天，畜產皆仙，犬吠於天上，雞鳴於雲中。」①「犬吠雲中」係「犬吠於天上，雞鳴於雲中」之省詞。「一人得道，雞犬升天」亦作「一人得道，雞犬飛升。」後用此比喻一人得勢，與其有關者亦紛紛隨之發跡。多含諷刺之意。今人尚多駿（生卒年等待考）糖為什麼這樣甜三：「『一人得道，雞犬升天』的道理不僅自古有之，現實生活中也並不少見。」魯迅（一八八一—一九三六）二心集張資平氏的小說學：「……但作者一轉方向，則一人得道，雞犬飛升，何況神仙的遺蛻呢。」姚雪垠（一九一〇—一九九九）李自成第二卷第二章：「這事一辦成，你就一步登天，你們一家人的日子也馬上苦盡甜來。古話說的好：一人得道，雞犬飛升。」

「雞」、「鷄」，同字異體；俗亦作「鳮」。「雞犬飛升」、「雞犬升天」本指得道飛升；或用以形容人間勝境。後恆用以喻攀附權貴而得以升遷。其典形甚多，如：「雲中雞犬」、「犬吠白雲」、「淮南雞」、「雞犬雲中」、「仙家雞犬」、「拔宅向青霄」、「劉安雞」、「仙雞」、「雞犬偷仙藥」、「飛雞犬」、「淮南犬」、「淮南雞犬」……。茲舉例於後：唐羅隱（八三三—九一〇）廣陵開元寺閣上作詩：「雲中雞犬劉安迹，月裏笙歌煬帝歸。」杜甫滕王亭子詩之一：「春日鶯啼修竹裏，仙家犬吠白雲閒。」錢起過王舍人宅詩：「雞犬偷仙藥，兒童受道書。」李商隱（八一三？—八五八）井泥四十韻：「淮南雞舐藥，翻向雲中飛。」元楊維楨（一二九六—一三七〇）題雨後雲林圖詩：「便須借楊雲林館，臥聽仙家雞犬聲。」馮子振（一二五七—一三三七？）鸚鵡曲拔宅沖升圖曲：「想雲霄犬吠雞鳴，拔宅向青霄去。」宋遠（？—？）意難忘曲：「雞犬雲中，笑種桃道士，虛費春風。」明袁宏道（一五六八—一六一〇）悲哉行詩：「朝牧老君龍，暮守劉安雞。」徐渭（一五二一—一五九三）八仙臺次韻：「能大藥飛雞犬，欲傍中央剪草萊。」湯顯祖紫簫記：「願逐淮王之仙雞，備彭公之采女。」清王夫之廣落花詩：「雲中任逐淮南犬，腐草寧歸滇峽猿。」黃景仁（一七四九—一七八三）夾石詩：「人言劉安升，於此去飄忽。」王攄（一六三五—一六八六）贈臨江李迯齋太守詩：「功成全家上升去，淮王雞犬咸登仙。」黃遵憲（一八四八—一八九五）游箱根②詩：「雞犬亦飛升，熊魚各得欲。」

①東晉葛洪（二八三—三六三）神仙傳卷四作「雞鳴天上，犬吠雲中。」

②箱根町省稱箱根。位於小田原西南，以蘆之湖為核心，周遭羣山環抱、林木蒼鬱，遍布溫泉，為日本關東泡湯聖地，今自東京新宿站搭小田原特急，車程約九十分鐘。

八、一身做事一身當

屬俗諺。意謂自己做事（有時亦指過失、犯罪），自己承受責任。當，ㄉㄤ。

明明月榭主人①釵釧記後審：「皇甫兄，你一身做事一身當，怎麼扳扯小弟在裡頭介？」

說岳全傳第七十一回：「菩薩道：『一身做事一身當，怎麼代得？』」蕩寇志第八十七回：「大丈夫一身做事一身當，豈肯連累別人。」

「一身做事一身當」，亦作「一人行事一人當」、「一人作罪一人當」。封神演義第十三回：「『一人行事一人當』，我打死敖丙、李艮，我當償命，豈有子連累父母之理！」紅樓夢第五十五回：「你是個最明白的人，俗話說：『一人作罪一人當』，我們並不敢欺蔽主子。」近世多作「一人做事一人當」、「一人作事一人當」。如：鄧友梅（一九三一—）別了，瀨戶內海②：「一人作事一人當，決不連累你們，我索性殺了大牙，去自首去。」又，朱崇山（一九三三—）腳印上的血：「一人做事一人當，你糾纏著我爺爺幹什麼？」

①本名王玉峰，明松江（今上海市）人，戲曲家，一署日榭主人、月榭主人。生平事跡均待考，約生活於萬曆年間。

②日本本州與四國間之內海，戰後歸劃為瀨戶內海國立公園。自茶屋町（岡山縣）至宇多津（香山縣）築有瀨戶大橋。

九、一字千秋

文字警闢，堪垂久遠之謂也。

明胡應麟（一五五一—一六〇二）少室山房筆叢史書佔畢一：「夫詩以一字千秋者也；

史以千秋一字者也。」

十、一坐一起

猶云一舉一動。

吳子論將：「觀敵之來，一坐一起，其政以理，其追北佯為不及，其見利佯為不知，如此將者，名為智將。」南史梁昭明太子傳：「東宮雖燕居內殿，一坐一起，恒向西南面臺。」

十一、一佛出世

釋家認為世界每經一小劫，始有一佛出世。

隋書經籍志四、佛經：「每一小劫，則一佛出世。」南宋陸游南唐書浮屠傳：「開寶初，有北僧號小長老，自言募化而至……後主大悅，謂之一佛出世。」

一佛出世，引申為難得之意。葉廷珪（？—？元祐、紹興間人）海錄碎事臣職：「談苑：（唐）文宗嘗謂近臣曰：『詞臣之選，古今尤重，朕聞朝廷除一舍人，六親相賀，諺以為一佛出世，豈容易哉！』」續資治通鑑宋太宗雍熙三年：「（帝）嘗謂左右曰：『朕早聞人言，朝廷命一知制誥，六姻相賀，以謂一佛出世，豈容易哉！』」

十二、一作馮婦

業。

亦作「重作馮婦」。意謂重操舊業也。按：馮婦，晉人。姓馮名婦，原善搏虎，後事儒業。

語本孟子盡心下：「齊饑。陳臻曰：『國人皆以夫子將復為發棠，殆不可復？』孟子曰：『是為馮婦也。晉人有馮婦者，善搏虎，卒為善士。則之野有眾逐虎，虎負嵎，莫之敢攖，望見馮婦，趨而迎之。馮婦攘臂下車，眾皆悅之，其為士者笑之。』」

清蒲松齡聊齋志異某乙：「邑西某乙，故梁上君子也。其妻深以為懼，屢勸止之；乙遂翻然自改。居三年，貧窶不能自堪，思欲一作馮婦而後已。」

十三、一花五葉

佛教傳入中土後，禪宗以達摩（摩亦作「磨」）為祖，謂一花。其後衍成曹洞、臨濟、雲門、為仰、法眼五派，謂五葉。景德傳燈錄菩提達摩：「一花開五葉，結果自然成。」北宋黃庭堅（一〇四五—一一〇五）漁家傲詞：「面壁九年看二祖，一花五葉親分付。」困學齋雜錄引宋雪竇禪師真跡詩：「末代兒孫列戶牖，一花五葉失其傳。」明楊慎楹聯：「五葉一花呈善果；六經諸子湛言詮。」

十四、一言九鼎

語本史記平原君列傳：「平原君已定從而歸。歸至於趙，曰：『勝不敢復相士。勝相士多者千人，寡者百數，自以為不失天下之士；今乃於毛先生而失之也。毛先生一至楚，而使趙重於九鼎大呂。毛先生以三寸之舌，彊於百萬之師，勝不敢復相士。』遂以為上客。」按：秦昭王十五年（公元前二九一年）秦圍趙都邯鄲，趙惠文王使弟平原君赴楚求救，毛遂自願同往。經遂曉以利害，楚頃襄王同意援趙。平原君歸而讚揚曰：「毛先生一至楚，而使趙重於九鼎大呂。」九鼎、大呂，皆屬上古國之寶器。後因以為典實，謂一句話即可產生極大的力量。清馮桂芬（一八〇九—一八七四）致曾侯相書：「執事一言九鼎，或有以息其議，甚善。」近人姚雪垠李自成二卷四十章：「賢妹是他的救命恩人，一言九鼎。倘蒙賢妹勸說幾句，使他懸崖勒馬，潛逃異鄉，避此厄運，我將世世生生永感賢妹之德。」

十五、一以當百

一作「一當百」。謂一人足抵百人。極言勇猛。

後漢書光武帝紀上：「諸將既經累捷，膽氣益壯，無不一當百。」清昭槤嘯亭雜錄緬甸歸誠本末：「及晨，血戰於萬賊中，無不一當百。」夏燮（一八〇〇—一八七五）中西紀事海疆殉難記上：「夷兵再卻再進，我軍無不以一當百，自辰至申，饑不得食，湯不得飲，誓死格鬥。」

十六、一佛出世，二佛生天

一作「一佛出世，二佛升天」。同「一佛出世，二佛涅槃」。亦省稱一佛出世。出世，生也。生天，死也。作死去活來解。

二刻拍案驚奇卷五：「真珠姬一發亂掝亂擲，哭得一佛出世，二佛生天。」又，卷十八：「當日把玄玄子夾得一佛出世，二佛生天，又打勾一二百榔頭。」醒世恒言李道人獨步雲門：「（李清）直等得一佛出世，二佛升天，方纔有個青衣童子開門出來。」水滸傳第三十九回：「把宋江捆翻，一連打得宋江一佛出世，二佛涅槃。」二刻拍案驚奇卷卅六：「喝叫皂隸拖番，將法輪打得一佛出世，二佛涅槃。」孽海花第卅回：「張夫人陡受了這意外的頂撞，氣得一佛出世，二佛涅槃。」水滸傳第九回：「（差撥）把林沖罵得『一佛出世』，那裏敢擡頭應答？」

十七、一蟹識

意謂每況愈下。典源：

聖宋掇遺①：「陶穀奉使吳越，忠懿王②宴之，以其嗜蟹，自鱛蟀③至螃蚏④，凡羅列十餘種。穀笑曰：『真所謂一蟹不如一蟹也。』」舉例：

近人柳亞子論詩六絕句之三：「一卷生吞杜老詩，聖人伎倆只如斯，蘭陵學術傳秦相，難免陶家一蟹識。」

①宋筆記，作者佚名。
②錢俶。餘參一蟹不如一蟹本文。
③本作「蛸蛑」。餘同注②。
④本作「彭越」。同右。

十八、一蟹不如一蟹

意謂每況愈下。恆用以比喻一個不如一個。

艾子雜說①：「艾子②行於海上，見一物圓而褊③，且多足，問居人④曰：『此何物也？』曰：『蛸蛑⑤也。』既又見一物，圓褊多足，問居人曰：『此何物也？』曰：『螃蟹也。』又於後得一物，狀貌皆若前所見而極小，問居人曰：『此何物也？』曰：『彭越⑥也。』艾子喟然嘆曰：『何一蟹不如一蟹也。』」北宋王君玉國老談苑⑦卷二、南宋曾慥（？—一一六四）類說卷四五與聖宋掇遺皆指稱係宋初陶穀（九〇三—九七〇）出使吳越，因喫蟹借以諷吳越王錢俶（九二九—九八八，鏐孫。九四八—九七八在位。）之事，但作「一代不如一代」。金王若虛（一一七四—一二四三）文辨二：「晏殊⑧以為柳勝韓⑨，李淑⑩又謂劉⑪勝柳，所謂一蟹不如一蟹。」明沈德符（一五七八—一六四二）野獲編諧謔借蟹譏權貴：「分宜⑫擅權，枉殺貴溪⑬，京師人惡之，為語曰：『可恨嚴介溪⑭，作事忒心欺，常將冷眼觀螃蟹，看你橫行得幾時？一蟹之微，古今皆借以喻權貴，然亦一蟹不如一蟹矣。』又，亦作「一解不如一解」。「解」。讀作ㄒㄧㄝˋ。同前揭書釋道禪林諸名宿：「至近日，宗門諸名下，爭以壇坫自高，相駁相嘲，以至相妬相詈，真一解不如一解。」

①舊題北宋蘇軾撰。南宋陳振孫（？—？，紹興間人，嘉熙初猶健在。）直齋書錄解題卷一一云：「相傳為東坡作，未必然也。」

②傳說戰國齊人，唯史傳未載。

③褊，ㄅㄧㄢˇ。同「扁」。

④亦作「㞐人」。猶居民。

⑤ㄐㄧㄡ ㄇㄡˊ。即棱子蟹。螯長而大。

⑥蟹的一種。彭螖（ㄏㄨㄚˊ），吳人呼為彭越，足上無毛，可食。

⑦宋筆記。二卷。宋史藝文志作國老閑談。作者王君玉生卒年、行狀均不可考。舊題夷門隱叟，當為隱士。所記為北宋太祖、太宗、真宗等三朝之雜事。

⑧九九一——一〇五五年。北宋臨川人，少以神童荐賜同進士出身。渠文章瞻麗，尤工於詞。幼子幾道（一〇三〇——一一〇六），以詞著，與父齊名，稱二晏。

⑨柳，柳宗元（七七三——八一九）唐河東人。字子厚。詩文皆工，尤擅散體，峭拔簡鍊，獨具風格。韓，韓愈（七六八——八二四）唐鄧州南陽人。字退之。學貫六經百家，文筆雄健、氣勢磅薄，為後世古文家所宗，稱韓文。

⑩字獻臣。北宋徐州豐縣人。生卒年無考，約於大中祥符、慶曆間在世，遺有詩苑類格等著作。

⑪劉，劉禹錫（七七二—八四二）唐彭城人。字夢德。所作民歌體竹枝詞，剛健清新、語言明快，別具風格。

⑫隱指嚴嵩。嵩（一四八〇—一五六九），江西分宜人。字惟中、一字介溪。弘治十八年進士。因擅長諂媚皇帝，累拜武英殿大學士、入直文淵閣。世宗朝，官至少傅兼太子太師。攬權貪賄，凡直言時政、劾其竊權網利者，悉遭渠一一殺害。子世蕃，尤橫行不法。御史鄒應龍（生卒年無考）等極論嵩父子不法，遂籍沒嵩家，斬世蕃、罷嵩。嵩後寄食墓舍而死。明史入姦臣傳（卷三〇八、列傳一九六）。

⑬隱指夏言。言（一四八二—一五四八）。江西貴溪人，字公瑾。正德十二年進士。嘉靖初為諫官，後為首輔執政。嘉靖廿一年，遭嚴嵩排擠去官，共四年，復被起用。次年，支持陝西總督曾銑收復河套之主張，嵩迎合嘉靖苟安之意，為仇鸞草奏，誣言受銑賄，遭罷職放歸，旋遇害。（詳明史卷一九六、列傳八四〇）。

⑭參注⑫。

十九、人為刀俎，我為魚肉

比喻對方（即別人）掌握生殺大權，本身（即自己）處於遭宰割（制）的地位。刀俎

（ㄗㄨˇ），刀與礁（ㄓㄣ）。礁，同「砧」。宰割的工具。

史記項羽本紀：「沛公旦日從百餘騎，來見項王。至鴻門，……項王即日因留沛公與飲。……召項莊。……請以劍舞，因擊沛公於坐。……樊噲曰：『大行不顧細謹，大禮不辭小讓。如今，人方為刀俎，我為魚肉；何辭為？』於是遂去。」

二十、人琴俱亡

亦作「人琴並亡」、「人琴兩亡」、「人琴俱逝」；昔又省作「人琴」。

晉書王徽之傳：「獻之卒，徽之奔喪不哭，直上靈牀。坐取獻之琴彈之，久而不調。嘆曰：『嗚呼！子敬人琴俱亡！』困頓絕。月餘，亦卒。」世說新語傷逝：「王子猷、子敬俱病篤，而子敬先亡。子猷問左右，何以都不聞消息此已喪矣。語時，了不悲，便索輿來奔喪，都不哭。子敬素好琴，便逕入，坐靈牀上，取子敬琴彈。弦即不調，擲地云：『子敬人琴俱亡！』因慟絕良久。月餘，亦卒。」

後人因以「人琴俱亡」為睹物思人、痛悼亡友之典。清劉獻廷（一六四八——一六九五）廣陽雜記卷三：「嘗抱人琴俱亡之懼，逢人即詔之學韻。」近人魯迅二心集做古人和做好人的秘訣：「現在柔石的遇害，已經有一年餘了……所謂『人琴俱亡』者，大約也就是這摸樣的罷。」

北周庾信周車騎大將軍宇文顯墓志銘：「草銜秋火，樹抱春霜，書劍俱沒，人琴並亡。」

唐張說（六六七—七三一）為人作祭弟文：「予羸老矣，傷心幾何。人琴兩亡，命也命也。」舊唐書文苑傳中賀知章：「丹壑非昔，人琴兩亡，惟舊之懷，有深追悼。」南宋劉克莊（一一八七—一二六九）風入松福清道中作詞：「細思二十年前事，歎人琴，已矣俱亡。」清王鵬運（一八四九—一九〇四）彊村詞序：「人琴俱逝，賞音闃然。」近人郁達夫（一八九六—一九四五）題諸真長病起樓圖詩之二：「痛紀人琴又一春，市樓詩夢久成塵。」

廿一、二桃殺三士

比喻施陰謀以殺人。典出晏子春秋內篇諫下二晏子諫二四：「公孫接、田開疆、古冶子事景公，以勇力搏虎聞。晏子過而趨，三子者不起。晏子入見公曰：『臣聞明君之蓄勇力之士也，上有君臣之義，下有長率之倫。內可以禁暴，外可以威敵。上利其功，下服其勇。故尊其位、重其祿。今君之蓄勇力之士也，上無君臣之義，下無長率之倫。內不可以禁暴，外不可威敵。此危國之器也，不若去之。』公曰：『三子者，搏之恐不得，刺之恐不中也。』晏子曰：『此皆力功勍敵之人也。無長幼之禮。』因請公使人少餽之二桃。曰：『三子何不計功而食桃？』公孫接仰天而歎曰：『晏子，智人也。夫使公之計吾功者。不受桃，是無勇也。士眾而桃寡，何不計功而食桃矣。接一搏特猏，再搏乳虎，若接之功，可以食桃，而無與人同矣。』援挑而起。田開疆曰：『吾仗兵而卻三軍者再。若開疆之功，亦可以食桃，而無與人同矣。』援挑而起。古冶子曰：『吾嘗從君濟于河，黿銜左驂，以入砥柱之中流。當是時也，冶少不能游潛行，逆流百步，順流九里，得黿而殺之。左操驂尾，右挈黿頭，鶴躍而出。津人皆曰：『河伯也。視之則大黿之首也。若冶之功，亦可以食桃，而無與同人矣。二子何不反桃？』抽劍而起。公孫接、田開疆曰：『吾勇不子若，功不子逮。取桃不讓，是貪也。然而，不死，無勇也。』皆反其桃，挈領而死。古冶子曰：『二子死之，冶獨生之，不仁。恥人以言，而夸其聲，不義。恨乎所行不死，無勇。雖然，二子同桃而節，冶專桃而宜。』亦反其桃，挈領而死。使者復曰：『已死矣。』公殮之以服，葬之以士禮焉。」故事成語考花木：「齊景公以二桃殺三士。」

其典形有：「二士桃」、「二桃棄」、「園桃議士驕」、「二桃殺三士」、「齊二桃」、「齊君果」、「齊三士」、「三士」、「殺三士」……。唐盧象（？—？；開元進士）同李北海追涼歷下古城西北隅此地有清泉喬木詩：「門蔭七賢地，醉餐二士桃。」明陳子龍（一六〇八—一六四七）贈孫克咸詩：「軒冕甘為五鼎烹，壯士翻為二桃棄。」又，留別闇公聖朝詩：「小山足賢隱，園桃譏士驕。」梁甫吟：「步出齊城門，望望蕩陰里。里中有三墳，纍纍正相似。問是誰家墓，田疆古冶氏。力能排南山，文能絕地紀，一朝被讒言，二桃殺三士。誰能為此謀？國相齊晏子。」明王宗沐（一五二三—一五九一）清江引詞：「休誇齊二桃，請看周三飯，博南山人同我懶。」元曾端（？—？；大興人）端正好自序：「忘餐智士齊君果，不吐嫌兄仲子鵝。」清錢謙益戊辰七月應召赴闕詩之二：「長吟頗惜齊三士，撫卷誰知魯二生。」程先貞（一六〇七—一六七三）還山春事詩：「五君自醉竹間榻，三士誰憐桃下墳。」元張可久（一二八〇——一三五二以後）度東原次馬致遠先輩韻曲：「殺三士，因二桃，不如五柳莊前臥。」

廿二、二惠競爽

左傳昭公三年：「齊公孫竈卒。司馬竈見晏子。曰：『又喪子雅矣。』晏子曰：『惜也！……二惠競爽猶可，又弱一個焉，姜其危哉。』」小學紺珠氏族類齊二惠：「公孫竈子雅、公孫蠆子尾，皆（齊）惠公之孫。」競，彊也。爽，明也。後因以「二惠競爽」為對人兄弟稱頌之辭。書言故事兄弟類：「言兄弟齊芳，曰：『二惠競爽。』」南宋劉克莊賜寶章閣直學士王克謙辭免除寶謨閣學士不允詔：「爾之一門，二惠競爽，皆嘗貴近矣。」

廿三、人間行路難

語出北宋蘇軾魚蠻子①詩：「人間行路難，蹈地出賦租。不如魚蠻子，駕浪浮空虛。」人間，指人世間。猶云世間；俗界也。韓非子解老：「心不能審得失之地，則謂之狂。……狂則不能免人間法令之禍。」史記留侯世家：「留侯乃稱曰：『家世相韓，及韓滅；不愛萬全之資，為韓報讎彊秦，天下振動。今以三寸舌為帝者師，良足矣。願棄人間事，欲從赤松子游耳。』」唐李白（七〇一——七六二），山中問答詩：「問余何意棲碧山，笑而不答心自閑。桃花流水窅然去，別有天地非人間。」②行路難，謂行路艱辛不易也。人間行路難，猶云處世之不易。唐杜甫（七一二—七七〇）宿府詩：「風塵荏苒音書絕，關塞蕭條行路難。」白居易太行路詩：「行路難，不在水，不在山，只在人間反覆間。」又，行路難，亦為樂府雜曲歌詞名。內容類多描述世路艱難與離情別意。本屬民間歌謠，後經文人擬作，遂採入樂府。南朝宋鮑照擬行路難十九首、唐李白行路難三首皆極著名。晉書袁山松傳：「初，羊曇善唱樂，桓尹能挽歌，及山松行路難繼之，時人謂之三絕。」近人陳去病③（一八七四—一九三三）少年行之三：「勸君莫誦行路難，勸君莫復居長安。」

①老學菴筆記卷一：「張芸叟作漁父詩曰：『家在耒江邊，門前碧水連。小舟勝養馬，大罟當耕田。保甲原無藉，青苗不著錢。桃源在何處？此地有神仙。蓋元豐中謫官湖湘時所作。東坡取其意為魚蠻子云。』榮按：張舜民（？—？）字芸叟，自號浮休居士，又號矴齋。邠州（今陝西彬縣人）。治平二年進士，為襄樂縣令。元豐中，環慶帥高遵裕辟掌機宜文字。從高西征，途中作詩，御史劾其詩含諷刺，謫監邕州鹽米倉，改郴州酒稅。時蘇軾謫居黃州，渠赴貶所途中與東坡同游武昌。清王文誥謂：「時張芸叟至黃州，公為作此詩。」（蘇軾詩集卷二一，王文誥輯注）。魚蠻子，即漁夫。

②山中問答，一作山中答問，亦作山中答俗人。「何意」作「何事」；「不答」一作「不語」；「窅然」一作「宛然」。

③字佩忍，號巢南，別署病倩、法忍、百如、季子、南史氏、垂虹亭長。吳江（今屬江蘇省）

人。光緒二十一年（一八九五）中秀才。馬關條約成立後，渠與金天羽組雪恥學會。二十八年（一九〇二）赴日留學，加入拒俄義勇隊、卅二年（一九〇六）於蕪湖加入同盟會，先後主持江蘇雜誌、警鐘日報、中國公報、大漢報等筆政。民六，參加護法戰爭，曾任軍政府大本營前敵宣傳部主任、江蘇省監察委員、江蘇省博物館館長、考試委員、內政部參事等職。九一八事變後辭官歸里。民廿二，於蘇州報恩寺受戒出家，旋病逝，享年六十。陳氏為南社領袖之一，且為著名詩人。柳亞子稱其詩「去華返樸，屏絕雕鎪。且其奮鬥之精神，恢弘之器宇，皆有不可磨滅者。」（浩歌堂詩鈔柳序）。遺有浩歌堂詩鈔，輯有笠澤詞徵、吳江詩錄、松陵文集初編、杏廬文鈔、百尺樓叢書等。

廿四、人間榮耀因緣淺

塵凡的富貴、顯赫，機會並不多見。人間，即俗世。猶塵凡。北宋蘇軾風水洞二首和李節推之二：「山前乳水隔塵凡，山上仙風舞檜杉。」榮耀，富貴、顯赫。一作「榮曜」。三國魏曹植（一九二—二三二）封二子為公謝恩章：「竊位列侯，榮曜當世。」北宋司馬光（一〇一九—一〇八六）送張兵部知遂州詩：「人間富貴非不有，似君榮耀真亦稀。」元辛文房（？—？；初元之人，大德間猶健在。祖籍西域寄籍江西。）唐才子傳徐凝：「人間榮耀，徐山人不復貯齒頰中也。」因緣，猶云機會。史記田叔列傳褚先生補：「（任安）少孤，貧困，為人將車至長安，留求事，為小吏，未有因緣也。」淺，少。不多。逸周書文酌：「七信：一仁之慎散；二智之完巧；三勇之精富；四族之寡賄；五商之淺資；六農之小積；七貴之爭寵。」朱右曾校釋：「淺，少也。」莊子天下：「以禁攻寢兵為外，以情慾寡淺為內。」

「人間榮耀因緣淺」出自樂天詩。

白居易老來生計詩：「老來生計君看取，白日遊行夜辭吟。陶令有田唯種黍①，鄧家無子不留金②。人間榮耀因緣淺，林下幽閑氣味深。煩慮漸銷虛白長，一年心勝一年心。」

①陶令，指陶淵明。淵明（三六五—四二七）字元亮，入宋更名潛，自號五柳先生。晉潯陽柴桑（今江西九江）人。陶侃之曾孫。東晉孝武帝太元十八年（三九三）入仕為江州祭酒，義熙元年（四〇五）八月，為彭澤令，郡遣督郵至縣，吏請束帶面謁，淵明云：「吾不能為五斗米折腰，拳拳事鄉里小人邪！」十一月，辭官。明年，辭印去縣，賦歸去來以明志。歸田鄉里，親預耕作，故云「有田唯種黍」。

②晉書良吏傳鄧攸：「鄧攸字伯道，平陽襄陵人也。……攸七歲喪父，尋喪母及祖母，居喪九年，以孝致稱。清和平簡，貞正寡欲。少孤，與弟同居。……嘗詣鎮軍賈混，混以人訟事示攸，使決之。攸不視，曰：『孔子稱聽訟吾猶人也，必也使無訟乎！』混奇之，以女妻焉。舉灼然二品，為吳王文學，歷太子洗馬，東海王越參軍。……轉為世子文學、吏部郎。……出為河東太守。永嘉末，沒于石勒。……勒長史張賓先與攸比舍，重攸名操，因稱攸于勒。勒召至幕下，與語，悅之，以為參軍，給車馬。……石勒過泗水，攸乃斫壞車，

以牛馬負妻子而逃。又遇賊，掠其牛馬，步走，擔其兒子及其弟子綏。度不能兩全，乃謂其妻曰：『吾弟早亡，唯有一息，理不可絕，止應自棄我兒耳。幸而得存，我後當有子。』妻泣而從之，及棄之。……攸與刁協、周顗素厚，遂至江東。元帝以攸為太子中庶子。時吳郡闕守，人多欲之，帝以授攸。攸載米之郡，俸祿無所受，唯飲吳水而已。時郡中大饑，攸表振貸，未報，乃輒開倉救之。……在郡刑政清明，百姓歡悅，為中興良守。後稱疾去職。郡常有送迎錢數百萬，攸去郡，不受一錢。百姓數千人留牽攸船，不得進，攸乃小停，夜中發去。吳人歌之曰：「紞如打五鼓，雞鳴天欲曙。鄧侯拖不留，謝令推不去。」百姓詣臺乞留一歲，不聽。辭侍中。歲餘，轉吏部尚書。蔬食弊衣，周急振乏。性謙和，善與人交，賓無貴賤，待之若一，而頗敬媚權貴。……咸和元年卒，贈光祿大夫，加金章紫綬，祠以少牢。攸棄子之後，妻不復孕。……卒以無嗣。時人義而哀之，為之語曰：『天道無知，使鄧伯道無兒。』弟子綏（一作綏）服攸喪三年。」榮按：鄧攸，今山西襄汾東北人。生年待考，卒於咸和元年（三二六），去晉室東渡十載。

廿五、人間禍福愚難料

智商不高的人不容易推測、預估俗世的禍福。

白居易戊申暮詠懷詩之三：「七年囚閉作籠禽，但願開籠便入林。幸得展張今日翅，不能辜負昔時心。人間禍福愚難料，世上風波老不禁。萬一差池似前事，又應追悔不抽簪。」

附：人間萬事塞翁馬

亦用以喻人世禍福難定也。淮南子人間訓：「近塞上之人，有善術者，馬無故而入胡，人皆弔之。其父曰：『此何遽不為福乎？』居數月，其馬將胡駿馬而歸，人皆賀之。其父曰：『此何遽不為禍乎？』家富良馬，其子好騎，墮而折其髀，人皆弔之。其父曰：『此何遽不為福乎？』居一年，胡人大入塞，丁壯者引弦而戰，近塞之人，死者十九；此獨以跛之故，父子相保。故福之為禍，禍之為福，化不可極，深不可測也。」葛原詩話云：「元僧熙晦機寄徑山虛谷陵和尚詩：『前度劉郎景定先，宜春風物尚依然。青山湧出黃金色，白日夢昇兜率天。小鳥樹林羅帝網，梅壇樓閣接西乾。人間萬事塞翁馬，推枕軒中聽雨眠。』

廿六、二豎為虐

謂肉體遭受病魔糾纏，精神痛苦不堪。二豎，亦作「二竪」。語出左傳成公十年：「公夢疾為二豎子，曰：『彼良醫也，懼傷我，焉逃之？』其一曰：『居肓之上，膏之下，攻之不可，達之不及，藥不至焉，不可為也。』」後遂用以稱病魔。東晉葛洪抱朴子貴賢：「二豎之疾既據而募良醫，棟橈之禍已集而思謀夫，何異乎火起乃穿井，覺飢而占田哉？」明鄭若庸（？—？；約萬曆間人）玉玦記索命：「伯有今為厲，二豎還乘釁。」今人劉開揚（一九一九—）高適詩集編年箋注原始：「時余方為二豎所苦，以卷帙浩繁，力難勝任，拜辭之餘，乃督以茲事。」

二豎另有一義，指危害國家社會之奸佞小人。唐張說贈戶部尚書河東公楊君神道碑：「協心五朝，戡勳二豎，奮飛比落，推戴中宗。」宋史徐僑傳：「今女謁、閹官相為囊橐，誕為二豎，以處國膏肓。」

卷三

一、子子孫孫

意謂子孫等後裔。猶云世世代代。孫，子之子也。書梓材：「欲至于萬年惟王，子子孫孫永保民。」孔傳：「又欲令其子孫累世長居國以安民。」詩小雅楚茨：「子子孫孫，勿替引之。」列子湯問：「子又有子，子又有孫；子子孫孫，無窮匱也。」爾雅釋訓：「子子孫孫，引無極也。」西漢揚雄（一作「楊雄」；前五三—一八）甘泉賦：「煇光眩燿，隆厥福兮；子子孫孫，長亡極兮。」後漢書文苑列傳趙壹：「（趙）壹乃貽書謝恩曰：『……余畏禁，不敢班班顯言，竊為窮鳥賦一篇。其辭曰：有一窮鳥，戢翼原野。……天乎祚賢，歸賢永年，且公且侯，子子孫孫。』」秦併六國平話卷中：「楚王問曰：『何人退得秦兵，重賞千金，子子孫孫不絕官職。』」兒女英雄傳第廿回：「（安太太）合安老爺配起來，真算得個子子孫孫的天親，夫夫婦婦的榜樣。」

二、子不言

論語述而：「子不語：怪、力、亂、神。」

奇異之甚曰怪。莊子逍遙遊：「齊諧者，志怪者也。」①好勇鬭力之事曰力。，劉寶楠正義引王弼注云：「力謂若奡盪舟，烏獲舉千鈞之屬。」②舉兵叛逆曰亂。左傳文公七年：「兵作於內為亂。」世說新語德行：「後遭亂渡江，每經危急，常有一人左右。」靈異難窮究者曰神。

本章朱注：「怪異、勇力、悖亂之事，非理之正，固聖人所不語。鬼神造化之跡，雖非不正，然非窮理之至，有未易明者，故亦不輕以語人也。謝氏曰：『聖人語常而不語怪；語德而不語力；語治而不語亂；語人而不不語神。』」③

①莊子郭注：「司馬及崔並云人姓，名簡。」錄以供參。

②奡，ㄠˋ。夏人，寒浞之子，力大無比，傳說能陸地行舟，故曰奡盪舟。論語憲問：「南宮适問於孔子曰：『羿善射，奡盪舟，俱不得其死然。……』夫子不答。」烏獲，戰國秦力士。與任鄙、孟說皆以勇力仕秦武王（史記秦本紀）。孟子告子下：「然則，舉烏獲之任，是亦為烏獲而已矣。」

③引自論語說。謝良佐（一〇五〇—一一〇三）北宋上蔡人。字顯道。元豐間舉進士，宰應城縣。建中靖國初，召對，忤旨而去。後監京西竹木場，口語有失，下獄。良佐記性甚強，對人稱引前史，至不差一字。與游酢、呂大臨、楊時稱程門四先生。著論語說傳世，宋史有傳。

三、三日耳聾

接連三天失去聽覺。極言受震動之烈。

景德傳燈錄南嶽懷讓禪師①：「一日，師謂眾曰：『佛法不是小事，老僧昔再蒙馬大師②一喝，直得三日耳聾眼黑。』」南宋陸游戲用方外言示客詩：「號咻一喝君聞否？三日猶應覺耳聾。」清錢謙益天都瀑布歌：「愕眙莫訝詩思窮，老夫三日猶耳聾。」

「三日耳聾」，亦作「三日聾」。清龔自珍題吳南薌東方三大圖詩：「小臣若上議，廷臣三日聾。」

①六七七—七四四年。唐僧。俗姓杜，金州安康（今陝西安康縣）人。禪宗南宗始祖（即六祖）惠能之弟子。宣揚頓悟，不主張坐禪。住南嶽般若寺觀音臺，故稱南嶽懷讓。事詳北宋僧贊寧（通惠大師，九一九—一〇〇一）所撰宋高僧傳卷九唐南嶽觀音臺懷讓傳。

禪宗初祖至六祖

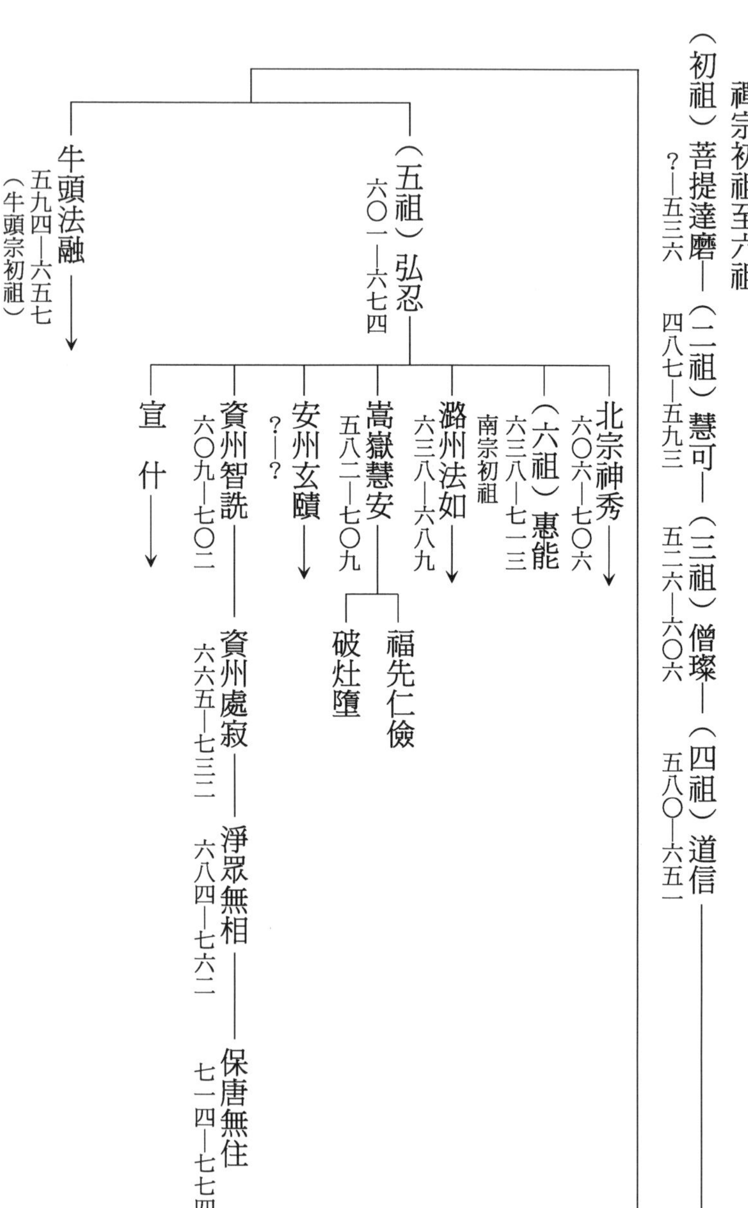

（初祖）菩提達磨
？—五三六
（二祖）慧可
四八七—五九三
（三祖）僧璨
五二六—六〇六
（四祖）道信
五八〇—六五一
（五祖）弘忍
六〇一—六七四
牛頭法融
五九四—六五七
（牛頭宗初祖）
北宗神秀
六〇六—七〇六
（六祖）惠能
六三八—七一三
南宗初祖
潞州法如
六三八—六八九
嵩嶽慧安
五八二—七〇九
福先仁儉
破灶墮
安州玄賾
？—？
資州智詵
六〇九—七〇二
資州處寂
六六五—七三二
淨眾無相
六八四—七六二
保唐無住
七一四—七七四
宣什

六祖惠能及其弟子

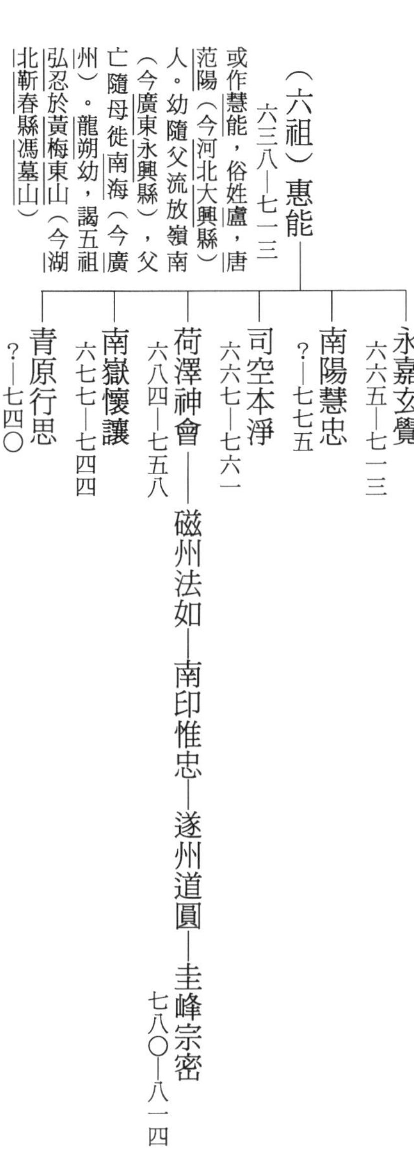

②七〇九—七八八年。道一俗姓馬，後世多稱馬祖或馬大師。唐漢州什邡（今四川什邡）人。幼從資州（今四川資中縣）僧處寂出家，後於渝州（今重慶市）受具足戒。開元間至南嶽，結庵而居，竟日坐禪，時懷讓住般若寺觀音臺，見其形貌不凡，知是法器，便以磨磚作鏡誘導之。道一經此開示，豁然開悟。遂拜懷讓為師，侍奉左右達十年。嗣後往建陽、撫州等地，定居虔州南康（今江西贛縣）龔公山，建立叢林，聚徒說法。大曆中，住洪州鐘陵（今江西南昌市）開元寺，大開禪門，廣納學子，時人稱洪州宗。

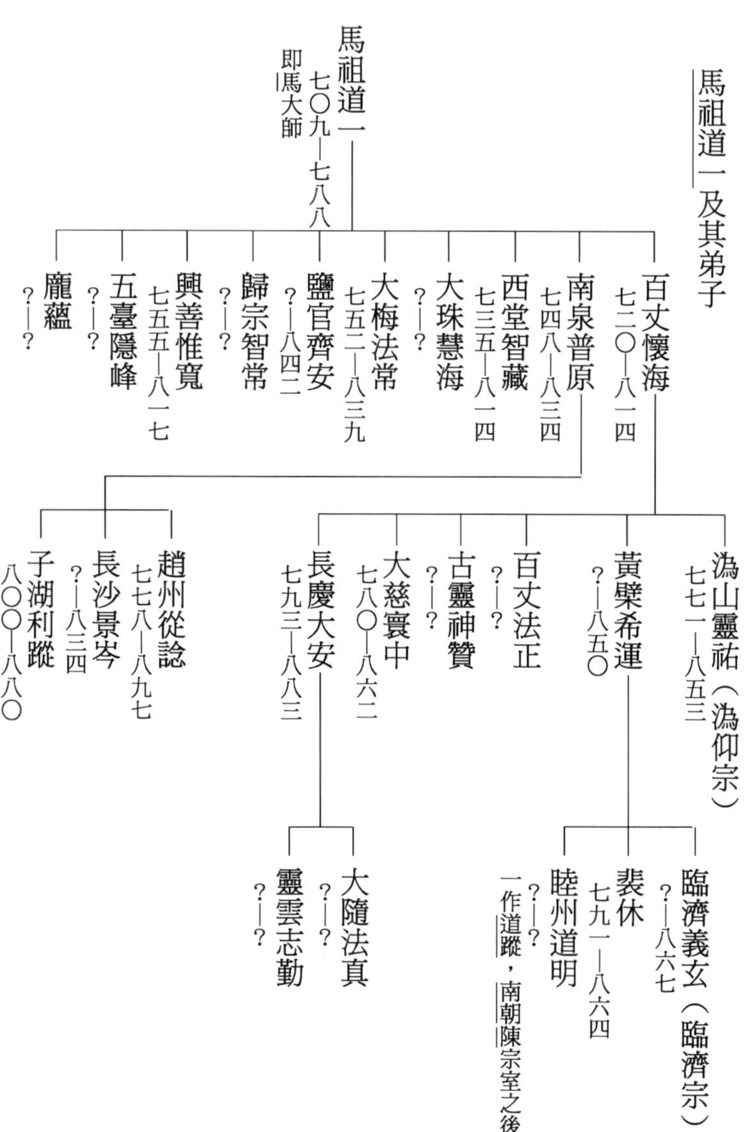
馬祖道一及其弟子
馬祖道一
七〇九—七八八
即馬大師
百丈懷海
七二〇—八一四
南泉普原
七四八—八三四
西堂智藏
七三五—八一四
大珠慧海
?—?
大梅法常
七五二—八三九
鹽官齊安
?—八四二
歸宗智常
?—?
興善惟寬
七五五—八一七
五臺隱峰
?—?
龐蘊
?—?
潙山靈祐（潙仰宗）
七七一—八五三
黃檗希運
?—八五〇
百丈法正
?—?
古靈神贊
?—?
大慈寰中
七八〇—八六二
長慶大安
七九三—八八三
趙州從諗
七七八—八九七
長沙景岑
?—八三四
子湖利蹤
八〇〇—八八〇
臨濟義玄（臨濟宗）
?—八六七
裴休
七九一—八六四
睦州道明
?—?
一作道蹤，南朝陳宗室之後。
大隨法真
?—?
靈雲志勤
?—?

四、三姑六婆

尼姑、道姑、卦姑合稱三姑。牙婆、媒婆、師婆、虔婆、藥婆、穩婆合稱六婆。明陶宗儀（一三一六—？，元末明初人）輟耕錄卷一〇：「三姑者，尼姑、道姑、卦姑也。六婆者，牙婆、媒婆、師婆、虔婆、藥婆、穩婆也。蓋與三刑六害①同也。人家有一于此，而不致姦盜者，幾希矣。若能謹而遠之，如避蛇蠍，庶乎淨宅②之法。」

梵語稱女僧曰比丘尼（Bhikṣuṇi）③，簡稱尼，俗稱尼姑又稱師姨、師姑。唐李商隱祭徐姊夫文：「尼姑居宗老之地，驕奴摠家相之權。」

道姑，女道士。後蜀何光遠（？—？廣政間人）鑑誡錄旌論衡，「普通山青州長老錄二尼、道姑、道媼，親事巾瓶，時左街使集王奏聞收勘，決進退方。」元本高明（一三〇七？—一三五九）琵琶記五娘到京知夫行蹤：「（生）那得這軸畫像？（丑）敢是適間道姑的？」

昔時稱以占卜、算命為業的婦女，曰卦姑。清褚人穫（？—？康、雍間人）堅瓠六集三姑六婆：「按卦姑，今看水碗、蓍烏龜、算命之類。」

牙婆，又稱牙嫂、牙媼。昔時以介紹人口買賣為業的婦女。今語謂人口（女）販子。水滸傳第二四回：「王婆笑道：『老身為頭是做媒，又會做牙婆。』」醒世恆言兩縣令競義婚孤女：「（石壁）遺下女兒和養娘二口，少不得著落牙婆官賣，取價償官。」

媒婆，又稱媒姥、媒婦、媒媼、媒媽媽。以說合婚姻為業的婦人。元王實甫破窰記第三折：「說合先定千條計，花紅謝禮要十倍。打發的媒婆不喜歡，調唆的兩家亂一世。」二十年目睹之怪現狀第五九回：「叫了幾家媒婆來說知，看了幾家鴉頭和貧家女兒；看對了，便娶了一個過來。」

師婆，又稱師姥、師娘、巫婆、巫媼、女巫、跳神婆。即專門裝神弄鬼，為人祈福禳災、解厄求安與占卜等為業的婦女。

虔婆，恆指鴇母。亦稱不正經的老婆子，猶賊婆娘、無賴婆。金董解元西廂記諸宮調卷四：「做箇夫人做不過，做得箇積世虔婆，教兩下裏受這般不快活。」水滸傳第六五回：「初更時分，有人敲門。張順在壁縫裏張時，只見一個人閃將入來，便與虔婆說話。」警世通言杜十娘怒沉百寶箱：「從來海水斗難量，可笑虔婆意不良。」

昔時，視醫、藥、卜、筮為下流；該等行業，均採口耳相傳、師徒相授的方式延續。以賞藥醫病為業的婦女稱藥婆。日人諸橋轍次（一八八三—一九八二）謂：「藥婆は、藥で病を治す婆。」④

穩婆，又稱老娘（輟耕錄婦女曰娘）。昔日以接生為業的婦女。南宋王易（？—？晚年隱居，約端平、德祐間人）重編燕北錄卷三八：「以契丹翰林院使抹卻眼抱皇后胸，穩婆是燕京高夫人。」元武漢臣（？—？元初人）老生兒第一折：「他道是真個，我便教人請穩婆去⑤。」

清朱柏廬（一六一七—一六八八）治家格言：「三姑六婆，實淫盜⑥之媒；婢美妾嬌，非閨房之福。」

①三種災厄、六種禍患。古陰陽家將地支與五行、四方相配，據其生剋之理，以推吉凶。子卯為一刑，寅巳申為二刑，丑戌未為三刑。資治通鑑唐太宗貞觀十五年一則，胡三省注：「三刑：寅刑巳，巳刑申，申刑寅；丑刑戌，戌刑未，未刑丑；子刑卯，卯刑子。」陰陽家又謂年、月、日之辰皆有六合，與六合相衝之辰亦有六，是為六害。如：正月建寅，與亥合，與巳則衝，故寅與巳為害。二月建卯，與戌合，與辰衝，故卯與辰為害。……年、日之六害亦同此類推之。新唐書呂才傳：「魯桓公六年七月，子同生，是為莊公。按曆，歲在乙亥，月建申，然則值祿空亡，據法應窮賤。又觸句絞六害，偝驛馬，身剋驛馬三刑，法無官。」

②清潔住所，期無絲毫汙染。

③比丘尼亦作「比邱尼」、「苾蒭尼」。

④大漢和辭典卷一、一三〇頁。

⑤說媒兼接生的婦人稱媒穩婆。

⑥奸淫偷盜。

五、三教九流

儒、釋、道合稱三教。儒、道、陰陽、法、名、墨、縱橫、雜、農等「家」合稱九流。兩者聯為一詞，多泛指各種宗教、學術的流派；亦用以泛指各色人物或各種行業。

南宋趙彥衛雲麓漫鈔卷六：「（梁武帝）問三教九流及漢朝舊事，了如目前。」元王實甫西廂記第四本第二折：「秀才是文章魁首，姐姐是仕女班頭；一箇通徹三教九流，一箇曉盡描鸞刺繡。」近人鄧拓①（一九一二—一九六六）燕山夜話王道和霸道：「漢代有一位大學者，名叫劉向，博通經術，評論歷朝政治得失，有獨到見解，兼曉天文地理三教九流之學。」以上三例，用以指稱各種宗教、學術的流派。

又，西廂記第一本第一折：「俺這裏有一座寺，名曰普救寺，……南來北往、三教九流，過者無不瞻仰。」水滸傳第七一回：「其人則有帝子神孫、富豪將吏，並三教九流，乃至獵戶漁人，屠兒劊子，都一般兒哥弟稱呼，不分貴賤。」近人舒慶春②（一八九九—一九六六）茶館第三幕：「我在這兒監視著，三教九流、各色人等，一定能夠得到大量的情報。」以上三例係用以指稱各色人物、各種行業。

釋、道之為宗教，固無庸贅敘；唯儒實不宜歸類為宗教流派。「儒」、「教」二字合用，首見於史記游俠例傳：

「魯人皆以儒教；而朱家用俠聞。」

意謂：魯這地方的人，都是敦聘具有某些專門知識、技能的讀書人指導（後生）學習；但朱家卻借重熟諳武藝、見義勇為、樂於捨己助人的人而出名。

儒教做為複詞，本謂儒家學派，猶儒學、儒門。自西漢武帝（公元前一四〇—前八七年）採董仲舒之議，罷黜百家、獨尊儒術之後，歷史上漸漸將孔子所創的儒家學派視同宗教，至與佛教、道教合稱為三教，甚至稱之為孔教。晉書宣帝紀：「少有奇節，聰朗多大略，博學洽聞，伏膺儒教。」又，傅玄傳：「玄初作內篇成，子咸以示司空王沈。沈與玄書曰：『省足下所著書，言富理濟，經綸政體，存重儒教，足以塞楊墨之流遁，齊孫孟③於往代。……』梁武帝弘經術詔：「魏晉浮蕩，儒教淪歇。」又，梁書儒林傳序：「魏晉浮蕩，儒教倫歇，風節罔樹，抑此之由。」唐李邕（六七八—七四七）曲阜宣聖廟碑：「國家儒教浹，宇文思啟天。」王維和僕射晉盈扈從溫湯詩：「王禮尊儒教，天兵小戰功。」南宋馬遠（？—？嘉定間猶健在。）且作三教圖，畫老子、釋迦牟尼與孔子三人。釋迦中坐、老子立於旁，孔子作禮於前。周密（一二三二—一二九八）齊東野語三教圖贊：「理宗朝（按：一二二五—一二六四），有待詔馬遠畫三教圖。黃面老子④則跏趺中坐，猶龍翁⑤儼立於傍，吾夫子⑥乃作禮於前。」

九流，先秦九大學術流派。漢書敘傳下：「劉向司籍，九流以別。」唐顏師古（五八一—六四五）注引應劭（？—？，東漢桓、靈間人。）曰：「儒、道、陰陽、法、名、墨、從橫⑦、雜、農，凡九家。」九流，又稱九家。漢書藝文志：「諸子十家，其可觀者九家而已。」倘加上「不可觀的那一家」，即所謂「九流十家」。

①福建閩侯人。原名子健，筆名馬南邨、向陽生等。著有中國救荒史、論中國歷史的幾個問題、燕山夜話等書。淚與吳晗、廖沫沙合寫三家村札記。「無產階級文化大革命」之初（民五五），燕山夜話經批判並列為「反黨毒草」，淚寃死。民六八，昭雪。

②字舍予，筆名老舍。祖籍滿族正紅旗人。劇本茶館，經認為渠戲劇創作的最高成就。

③荀子與孟子。荀子亦稱孫卿。

④指釋迦牟尼（約公元前五六三—前四八三）。佛教始祖。族姓釋迦，義譯為能仁，即釋迦族的隱修者。本姓喬答摩，名悉達多。中印度迦毘羅國王淨飯王之長子，母名摩耶。年十九（一說廿九）入雪山苦行，出山後，於迦耶山菩提樹下得悟世間無常與緣起諸理，即在鹿野苑初轉法輪，說苦集滅道四諦及正見八正道，約四十餘年，年八十示寂於拘尸那伽城跋陀河邊娑羅雙樹間。

⑤老子的代稱。史記老莊申韓列傳老子：「孔子去，謂弟子曰：『……吾今日見老子，其猶龍邪！』……」

⑥指孔子（公元前五五一—前四七九）。

⑦通「縱橫」。

六、大同小異

莊子天下：「大同而與小同異，此之謂小同異；萬物畢同畢異，此之謂大同異。」後遂指事物大體相同、略有差異為大同小異。北魏楊衒之（？—？，景明天保間人）洛陽伽藍記宋雲惠生使西域：「西胡風俗，大同小異。」南宋朱熹（一一三〇—一二〇〇）中庸章句第十九章：「此與論語文意大同小異，記有詳略耳。」近人鄧拓燕山夜話八股餘孽：「讀者總覺得有許多文章，似乎都大同小異，千篇一律，沒有什麼新東西。」

七、大莫與京

語出左傳周史知陳大于齊。莊公二十二年：「有嬀之後，將育于姜。五世其昌，並于正卿。八世之後，莫之與京。」京，大也。

大莫與京，意謂大無與比。

八、大筆如椽

誇贊別人文筆雄健有力、文章氣勢磅礴。榮按：磅礴亦作旁薄。

晉書王珣傳：「珣夢人以大筆如椽與之，既覺，語人曰：『此當有大手筆事。』俄而，帝崩，哀冊、謚議，皆珣所草。」王珣（三五〇—四〇一；一作三五〇—四〇〇）東晉琅邪臨沂（今山東臨沂北）人。字元琳，小字法護。王導之孫。王洽之子。初為桓溫椽，轉主簿，為溫所敬重。溫經略中原，軍中機務悉見委。從溫討袁真，封東亭侯，轉給事黃門郎。為謝家婿，因猜嫌致隙，謝安與之絕婚。安卒，遷侍中，轉尚書僕射、領吏部。孝武帝好典籍，與殷仲堪等并以才學文章見昵於帝。隆安二年（三九八）進衛將軍。王恭舉兵，司馬道子命守建康北郊以拒。事平，加散騎常侍。四年，以疾解職。珣三世皆以能書稱，善行草書。傳世書蹟有伯遠帖、三月帖。明董其昌（一五五五—一六三六）畫禪室隨筆云：「瀟灑古淡，東晉風流，宛然在眼。」乾隆以伯遠帖與王羲之快雪時晴帖、獻之中秋帖合稱「三希」，因命其齋曰三希堂。伯遠帖真蹟現藏北京故宮博物院。

金趙元（？—？約大定天興間）行香子詞之一：「詞苑羣仙，場屋諸賢，看文章，大筆如椽。」清陳恭尹（一六三一—一七〇〇）觀唐僧貫休畫羅漢歌：「大筆如椽指端攬，貝葉行間才數典。」

九、大義滅親

本指懍於君臣之義，斷然不顧父子私情。語出左傳衛州吁弒其君完。左傳隱公四年：「石碏使其宰獳羊肩涖殺石厚於陳。君子曰：『石碏，純臣也。惡州吁，而厚與焉。大義滅親，其是之謂乎！』」

春秋時代衛莊公①庶子州吁②有寵好兵，莊公並未禁止。莊姜③美而無子，視厲嬀之子完如己出，且甚厭惡州吁。大夫石碏曾力諫莊公切勿繼續驕寵子女，他說：「將立州吁，乃定之矣。若猶未也，階之為禍。」惟莊公不予採信④。周平王卅六年（公元前七三五年）莊公卒，公子完立，是為桓公。平王卅八年，州吁驕橫跋扈益甚，桓公絀之，渠遂出奔。同時，鄭叔段因奪權失敗外逃，兩人同病相憐，互結為友。周桓王元年（公元前七一九年）春，衛公子州吁收聚亡人，襲其異母兄桓公，自立為君⑤。吁以宋公子馮在鄭，必為宋亂，請師于宋，宋許之。是時，陳、蔡方睦於衛，州吁遂以衛、宋、陳、蔡四國之師伐鄭，圍鄭東門，五日而還。秋，四國之師二度伐鄭。宋又乞師于魯。魯公子翬請以師會之，隱公不許，固請而行。五國之師敗鄭徒兵⑥，取其禾而還。州吁既弒桓公自立，國人不附。⑦吁使其黨石厚問計于石碏。碏素厭州吁，曰：「王覲為可。」⑧並誑其赴陳，求陳侯疏通于王。州吁、石厚連袂至陳。碏使人以州吁弒桓公事告陳，請陳執之⑨。衛人使右宰殺州吁于濮⑩，石碏使其宰獳羊肩殺石厚于陳⑪。冬，衛桓公弟公子晉立，是為宣公。「大義滅親」，後恆引申作為維護正義而不顧親情（不徇私情）解。後漢書清河孝王慶傳：「皇太子有失惑無常之性，爰自孩乳，至今益章，恐襲其母凶惡之風，不可以奉宗廟，為天下主。大義滅親，況退降乎！」晉書慕容盛載記：「（周公）遭二叔流言之變，而能大義滅親，終安宗國……亦不可謂非至德也。」

①衛，周武王弟康叔之後。莊公名楊，武公之子，公元前七五七—前七三五在位。
②莊公愛妾某氏所出。
③齊莊公之女。
④左傳隱公三年。

⑤史記衛世家。
⑥即步卒;今稱步兵。
⑦同⑥。
⑧左傳隱公四年。意謂若能朝覲周天子並得其寵命，乃可安也。
⑨同⑧。
⑩今安徽亳州東南。
⑪同⑧。石厚，石碏之子。

十、以一奉百

謂少數之人（一），以供養多數之人（百）也。亦即生產者極少，而消費者甚多也。東漢王符潛夫論浮侈：「一夫耕，百人食之;一婦桑，百人衣之;以一奉百，孰能供之。」

十一、以一持萬

意謂掌握綱要而統御萬類也。

荀子儒效：「法先王，統禮義，一制度，以淺持博，以古持今，以一持萬;苟仁義之類也，雖在鳥獸之中，若別白黑。」楊倞注：「『先王』當為『後王』，『以古持今』當為『以今持古』，皆傳寫誤也。」

十二、以一當十

一人抵擋十人。用以形容鬭志極其旺盛。戰國策齊策一：「必一而當十，十而當百，百而當千。」三國志蜀志諸葛亮傳：「與魏將張郃交戰，射殺郃。」裴松之注引晉郭沖曰：「臨戰之日，莫不拔刃爭先，以一當十，殺張郃。」

又，「一以當十」，亦用以形容鬭志旺盛，謂一人可抵十人也。一作「一當十」。史記項羽本紀：「及楚擊秦，楚戰士無不一以當十，楚兵呼聲動天，諸侯軍無不人人惴恐。」三國志魏志典偉傳：「時韋校尚有十餘人，皆殊死戰，無不一當十。」吳子料敵有「一可擊十」之語，附誌。

十三、以力服人

意謂採行強制之手段，使人服從。孟子公孫丑上：「以力服人者，非心服也。」

十四、以人為鏡

將他人之成敗得失，作為自己的鑒戒。鏡，从金、竟聲。本義作「金有光可照人者，亦曰鑑」解。（說文通訓定聲）乃用以照形取影之金屬器。古以銅為鏡，今以玻璃塗錫汞齊或銀汞齊製成之。

「以人為鏡」，一作「以人為鑑」，義同；而各有所本。

墨子非攻中：「古者有語曰：『君子不鏡於水而鏡於人。鏡於水，見面之容；鏡於人，則知吉與凶。』」舊唐書魏徵傳：「（太宗）嘗臨朝謂侍臣曰：『夫以銅為鏡，可以正衣冠；以古為鏡，可以知興替；以人為鏡，可以明得失。朕常保此三鏡，以防己過。今魏徵殂逝，遂亡一鏡矣！……』」

書酒誥：「古人有言曰：『人無於水監，當於民監。』」於，以；監，通「鑑」，鏡也。國語吳語：「王其盍亦鑑於人，無鑑於水。」韋昭注引書曰：「人無于水鑑，當于民監。」莊子德充符：「人莫鑑於流水，而鑑於止水。」新唐書魏徵傳：「帝後臨朝歎曰：『以銅為鑑，可正衣冠；以古為鑑，可知興替；以人為鑑，可明得失。朕嘗保此三鑑，內防己過。今魏徵逝，一鑑亡矣！……』」

十五、以人廢言

由於人不好，遂對其言論亦一併予否定。

論語衛靈公：「子曰：『君子不以言舉人，不以人廢言。』」梁書武帝紀中：「徑寸之寶，或隱沙泥；以人廢言，君子斯戒。」明沈德符野獲編評論靖康景泰二論：「此時君相共亡其國，罪不必言；但此二策未為無見，竟以人廢言。」

十六、以一警百

懲罰一人，以警戒眾人。

漢書尹翁歸傳：「其有所取也，以一警百，吏民皆服，恐懼改行自新。」儆，ㄐㄧㄥˇ。戒；警戒。「以一警百」，間亦有作「以一儆百」之例。

十七、五風十雨

意謂風調雨順。東漢王充論衡是應：「風不鳴條，雨不破塊。五日一風，十日一雨。」楊炎正（一一三八—一二一八）豐年謠之一：「五風十雨天時好，又見西郊稻秫肥。」南宋王炎（一一四五—？）水調歌頭呈辛隆興詞：「不道七州三壘，今歲五風十雨，全是太平時。」元薩都剌（約一二七四—一三四五？）雲山圖題詩：「清平海宇無風煙，五風十雨歌豐年。」明高啟南州野人為吳邑曾令賦詩：「五風十雨和氣應，自遣寸土生蒿蕪。」

十八、天涯若比鄰

遠處天邊之遙，就像住在近處一般。天涯，天的邊際，指遙遠的地方。三國魏曹植升天行：「中心陵蒼昊，布葉蓋天涯。」南朝梁江淹（四四四—五〇五）古離別：「君行在天涯，妾身長別離。」若，如。像。比鄰，近鄰。漢書孫寶傳：「寶徒入舍，祭竈請比鄰。」曹植贈白馬王彪詩：「丈夫志四海，萬里猶比鄰。」

「天涯若比鄰」與海內存知己相對。出自才子王子安之作。唐王勃（六五〇—六七六？）送杜少府之任蜀州①詩：「城闕輔三秦②，風煙望五津③。與君離別意，同是宦游人。海內存知己，天涯若比鄰。無為在歧路，兒女共沾巾④。」

①杜少府，作者王勃之友，名諱待考。少府，昔對縣尉之敬稱；知縣曰明府。蜀州，今四川崇慶縣。

②關內稱三秦，源於項羽滅秦，分關內地於秦三降將曰雍王（章邯）、領咸陽以西，都廢邱；塞王（司馬欣）領咸陽以東至河，都櫟陽；翟王（董翳）領上郡都高奴。詳史記項羽本紀。

③四川境內有白華津、萬里津、江首津、涉頭津與江南津，合稱五津（華陽國志）。

④後漢書來歙傳：「歙叱（蓋）延曰：『虎牙何敢然！今使者中刺客，無以報國，故呼巨卿，欲相屬以軍事，而反效兒女涕注乎！刃雖在身，不庇勒兵斬公邪！』延收淚強起，受所誡。」

十九、天祿大夫

指酒。北宋陶穀（九〇三—九七〇）清異錄酒漿：「王世充僭號，謂羣臣曰：『朕萬機繁壅，所以輔朕和氣者，惟酒功耳，宜封天祿大夫，永賴醇德。』」天祿，酒之代稱詞。初見於漢書食貨志下：「酒者，天之美祿。」北宋蘇軾桂酒頌序：「東坡先生曰：『酒，天祿也。其成壞美惡，世以兆主人之吉凶，吾得此，豈非天哉！』」

附：天祿

有五義：

一、上蒼所賜福祿。書大禹謨：「四海困窮，天祿永終。」後恆用以指帝位言。後漢書桓帝紀贊：「桓自宗支，越躋天祿。」周書宣帝紀：「帝王之量，未肅而成，天祿之期，不謀已至。」唐張說鄴都引：「君不見魏武草創爭天祿，羣睚眦相馳逐。」

二、俸給；薪資。孟子萬章下：「弗與共天位也，弗與治天職也，弗與食天祿也。」唐李復言（七七五—八三三）續玄怪錄定婚店：「此人命當食天祿，因子而食邑，庸可煞乎？」明湯式（？—？，元末明初人）醉高歌帶繡鞋紅送大本之任曲：「老母親饡飡天祿，新夫人穩坐香車。」中國近代史科業刊太平天國天朝田畝制度：「功勳等臣世食天祿，其後來歸從者，每軍每家設一人為伍卒。」

三、傳說中神獸名，兩漢間，多採石材雕其形以為飾。後漢書靈帝紀中平三年：「復修玉堂殿，鑄……及天祿、蝦蟆。」李賢注：「天祿，獸也。……今鄧州南陽縣北有宗資碑，旁有二石獸，鐫其膊一曰天祿，一曰辟邪。據此，即天祿、辟邪並獸名也。漢有天祿閣，亦因獸以立名。」榮按：北宋歐陽脩（一〇〇七—一〇七二）集古錄卷一：「今鄧州南陽縣北有漢宗資墓，前碑旁有二石獸一曰天祿、一曰辟邪。」古玉圖譜西清古鑑有漢器天祿書鎮。沈括夢溪筆談異事：「至和中，交趾獻麟，如牛而大，通身皆大鱗，首有一角。考之記傳，與麟不類，當時有謂之山犀者，然犀不言有鱗……今以予觀之，殆天祿也。」至和，北宋仁宗年號，前後三年（一〇五四—一〇五六）。

四、西漢殿閣名。三輔黃圖卷六：「天祿閣藏典籍之所。漢宮殿疏云：『天祿麒麟閣，蕭何造，以藏秘書，處賢才也。』」劉向、揚雄等曾先後校書於此。歷代亦用以通稱皇家藏書之所。唐楊炯（六五〇—六九三？）渾天賦：「馮唐入於郎署也，兩君而未識；揚雄在於天祿也，三代而不遷。」明徐渭芸閣校書篇詩：「他年在天祿，羞與俗人同。」清嚴有禧（？—？）漱華隨筆採訪遺書：「不拘抄本、刻本，隨時進呈，以廣石渠、天祿之儲。」

五、指酒言。詳天祿大夫條。

二十、天壤王郎

晉書列女傳：「（謝道韞）初適（王）凝之，還，甚不樂。（謝）安曰：『王郎，逸少（王羲之）子，不惡，汝何恨也？』答曰：『一門叔父，則有阿大、中郎；羣從兄弟，復有封、胡、羯、末；不意天壤之中，乃有王郎！』」世說新語賢媛：「王凝之謝夫人既往，王氏大薄。凝之既還，謝家意大不悅。太傅慰釋之曰：『王郎，逸少之子，身亦不惡，汝何以恨？』廼爾，答曰：『一門叔父，則有阿大、中郎，羣從兄弟，則有封、胡、遏、末；不意天壤之中，乃有王郎！』」道韞意謂王謝兩家中獨凝之不稱其意也。後人因稱婦女所適丈夫不合意為「抱天壤王郎之恨」本此。

謝道韞，名韜元，以字行。陳郡陽夏（今河南太康）人。太傅謝安姪女，王凝之妻。約生於東晉成帝咸和（三二六—三三四）間。聰慧有識，能清言，善屬文。謝安嘗集子弟，問毛詩何句最佳，道韞稱「吉甫作誦，穆如清風」等四句，安以為有雅人深緻。又，冬日雪降，安曰：「白雪紛紛何所似」，兄子朗曰：「撒鹽空中差可擬」，道韞曰：「未若柳絮因風起」。後人因以「咏絮才」譽才女。弟玄學業不進，責之不少寬貸。適王凝之，以其無才，不樂。歸省，謂安曰：「不意天壤之中，乃有王郎！」凝之弟獻之嘗與賓客清言，詞理將屈，道韞遣婢出云：「欲為小郎解圍。」乃施青綾步障自蔽，申獻之前議，客不能屈。安帝隆安三年（三九九）孫恩破會稽，殺凝之，道韞遂寡居。太守劉柳聞其名，請與談議。道韞簪髻素縟坐于帳中，風韻高邁，叙致清雅。劉柳退而嘆曰：「頃所未見，瞻察言氣，使人心形俱服。」時有濟尼，亦稱「王夫人神情散朗，故有林下風氣。」約卒於元興後，年當過七十。所著詩、賦、誄、頌雖並曾傳于世，且有集二卷，惜已久佚。今存文論語贊一篇，經收錄於藝文類聚卷五五、詩擬嵇中散咏松一首，詳前揭書卷八八。

王凝之，字叔平。琅琊臨沂（今山東臨沂北）人。王羲之次子。曾宦會稽內史，篤信五斗米道。隆安三年（三九九）孫恩攻會稽，凝之不為兵防，每日但入靜室，禱鬼神相助。會稽陷，為恩所殺。渠生年待考。

王忱暱稱阿大，字元達，王坦之子。弱冠知名，與王恭、王珣俱流譽一時。中郎，即王坦之（三三〇—三七五）字文度。父王述。坦之弱冠與郁超齊名。阿大、中郎意謂王府多出才俊之士也。

封，謝歆。胡，謝朗。羯（或遏）指謝玄。末，謝淵（一名川）。歆、朗、玄、淵，皆為謝家俊秀。

廿一、孔門弟子

孔子是我國先秦時代，開私人聚徒講學的第一人①。孔子之前，「以吏為師」②。秦滅六國，統一天下後，嚴禁私人講學，一仍以吏為師。史載：仲尼弟子三千，身通六藝者七十二人，是否精確，暫且不表。先引述笑話一則，博君一粲：

或問孔門七十二賢人，已冠者幾人？未冠者幾人？答曰：「已冠者三十人，未冠者四十二人。」問何證。曰：「論語云：『已冠者五六人』，五六得三十；『童子六七人』，六七四十二人也③。」又問，那三千弟子後來都甚結果？答曰：「時將戰國了，二千五百都充了軍去，另五百人做了客商。」又問何證？曰：「論語注云：『二千五百人為軍、五百人為旅④。』」（清游戲主人笑林廣記、清褚人獲堅瓠集均載。）

言歸正傳，所謂孔門弟子「三千」，「七十二」人成賢之說，應均屬概數，在表達人數可觀的意思。就後者言，就有二說：

一、史記仲尼弟子列傳：「孔子曰：『受業身通者，七十有七人，皆異能之士也。』」

二、史記孔子世家：「弟子蓋三千焉，身通六藝者，七十有二人。」

同時出現在一本史籍，卻有兩種說法，一說七十七人（孔子自己說的）、到底如何，難以確定；但，總數三千是一個概數，大體已有定論。茲依據仲尼弟子列傳，整理如左表——

序	姓名	字號	籍里及其他	序	姓名	字號	籍里及其他
一、	顏回	子淵	又稱顏淵，魯人。	四〇、	顏高	子驕	或謂名產。
二、	閔損	子騫	魯人。	四一、	漆雕徒父	固	
三、	冉耕	伯牛	魯人。	四二、	壤駟赤	子徒	秦人。
四、	冉雍	仲弓	魯人。	四三、	商澤	子季	或謂字季。
五、	冉求	子有	魯人。	四四、	石作蜀	子明	
六、	仲由	子路	一作季路（？—前四八一），卞人。	四五、	任不齊	選	或謂字子選。楚人。
七、	宰予	子我	魯人。	四六、	公良孺	子正	或名良儒。又作公襄儒。陳人。
八、	端沐賜	子貢	或作端木賜，衛人。	四七、	后處	子里	齊人。
九、	言偃	子游	吳人，或說魯人。	四八、	*秦冉	開	

一〇、	卜商	子夏	衛人，或說溫人。
一一、	顓孫師	子張	陳人。
一二、	曾參	子輿	魯武城人。
一三、	澹臺滅明	子羽	魯武城人。
一四、	宓不齊	子賤	魯人。
一五、	原憲	子思	魯人，或說宋人。
一六、	公冶長	子長	名萇，一字子芝。齊人。
一七、	南宮括	子容	魯人。
一八、	公晳哀	季次	或作公晳克。齊人。
一九、	曾蒧	晳	或作曾點。曾參之父。魯武城人。
二〇、	顏無繇	路	或作顏由。顏回之父。魯人。
二一、	商瞿	子木	魯人。

四九、	公夏首	乘	魯人。
五〇、	奚容蒧	子晳	衛人。
五一、	公肩定	子中	魯人。一說晉人。
五二、	顏祖	襄	魯人。
五三、	鄡單	子家	或作鄔單。
五四、	句井疆		或作鉤井疆。衛人。
五五、	罕父黑	子索	或謂字索。
五六、	秦商	子丕	或說字丕慈，一字丕茲。魯人。或楚人。
五七、	申黨	周	或作申繚、申棖。魯人。
五八、	顏之僕	叔	魯人。
五九、	榮旂	子祈	或字子顏。
六〇、	縣成	子祺	或字子謀。魯人。

二二、	高柴	子羔	齊人。一說衛人。
二三、	漆彫開	子開	一字子若。魯人。一說蔡人。
二四、	*公伯僚	子周	或作申繚。魯人。
二五、	司馬耕	子牛	宋人。
二六、	樊須	子遲	魯人。一說齊人。
二七、	有若		魯人。
二八、	公西赤	子華	魯人。
二九、	巫馬施	子旗	一作子期。魯人。
三〇、	梁鱣	叔魚	一作梁鯉。齊人。
三一、	顏幸	子柳	一說字柳。魯人。
三二、	冉孺	子魯	一說字子曾。魯人。
三三、	曹卹	子循	
三四、	伯虔	子析	或作伯處。或字子折、子哲。
三五、	公孫龍	子石	或作公孫礱、公孫寵。楚人。或說衛人、趙人。

六一、	左人郢	行	魯人。
六二、	燕伋	思	
六三、	鄭國	子徒	或作薛邦。
六四、	秦非	子之	魯人。
六五、	施之常	子恆	
六六、	顏噲	子聲	魯人。
六七、	步叔乘	子車	齊人。
六八、	原亢籍		
六九、	樂欬	子聲	魯人。
七〇、	廉絜	庸	衛人。
七一、	叔仲會	子期	魯人。或謂晉人。
七二、	*顏何	冉	或謂字稱。魯人。
七三、	狄黑	皙	
七四、	邦巽	子斂	或作國選、邽巽。魯人。

三六、	冉季	子產	魯人。
三七、	公祖句茲	子之	
三八、	秦祖	子南	秦人。
三九、	漆雕哆	子斂	魯人。

七五、	孔忠	子蔑	魯人。孔子兄之子。
七六、	公西輿如	子上	
七七、	公西箴	子上	或謂字子尚。魯人。

（籍里不詳者十七人。）

孔子家語七十二弟子解，未列舉顏何，總數七十六人。又，秦冉、公伯僚二人，舉琴牢、陳亢分別代之，附誌。

①「自行束脩以上，吾未嘗無誨焉。」（論語述而）。又，「有教無類。」（論語衛靈公）

②西周學在官府，書泰誓上：「天佑不民，作之君，作之師。」故謂以吏為師。東周以後，私學始逐漸興起，進而取代官學。

③論語先進：「『莫春者，春服既成，冠者五六人，童子六七人，浴乎沂，風乎舞雩，詠而歸。』……」

④論語衛靈公：「衛靈公問陳於孔子。孔子對曰：『……軍旅之事未之學也。』」何晏集解：「鄭（玄）曰：『萬二千五百為軍，五百人為旅。……』」旅有多義，行商曰旅。禮月令：「來商旅。」

卷四

一、四方八面

意謂各方面。四方，東西南北。亦泛指天下各地。易離：「大人以繼明照於四方。」孟子梁惠王下：「凶年饑歲，君之民老弱轉乎溝壑，壯而散之四方者，幾千人矣。」八面，四方與四隅。禮記檀弓上：「蟻結於四隅。」爾雅釋宮：「西南隅謂之奧，西北隅謂之屋漏，東北隅謂之宧，東南隅謂之窔。」北宋邢昺疏：「此別室中四隅之異名也。」唐黃滔（八四〇？—？）壺公山詩：「八面峯巒秀，孤高可偶然。」清趙翼閒居讀書作詩之一：「吾曹才力弱，漫詡當八面。」景德傳燈錄卷二〇達空禪師：「忽遇四方八面來怎樣生？」南宋楊萬里（一一二七—一二〇六）過百家渡四絕句之二：「莫問早行奇絕處，四方八面野香來。」亦作「四面八方」，今通言。禮記鄉飲酒義：「四面之坐，象四時也。」唐柳宗元（七七三—八一九）至小丘西小石潭記：「坐潭上，四面竹樹環合，寂寥無人，淒神寒骨，悄愴幽邃。」逸周書武寤：「王赫奮烈，八方咸發。」漢書司馬相如傳下：「是以六合之內，八方之外，浸潯衍溢。」顏師古注：「四方四維謂之八方也。」北宋宗澤（一〇五九—一一二八）請寧國再開堂疏：「吞盡三世諸佛，跳出四面八方。」水滸傳第八〇回：「原來梁山泊自古四面八方茫茫蕩蕩，都是蘆葦野水。」三個演義第三九回：「一霎時，四面八方，盡皆是火；又值風大，火勢愈猛。」近人魯迅故事新編補天：「這純白的影子在海水裏動搖，仿佛全體都正在四面八方的迸散。」

二、瓜田不納履，李下不整冠

不宜在瓜田裏彎著腰穿鞋，不要在李樹下舉手端正帽子。「瓜田不納履，李下不整冠」，本作「瓜田不納履，李下不正冠」。經遇瓜田彎腰，走過李樹下舉手，皆容易惹人嫌疑。藝文類聚卷四一引三國魏曹植君子行：「君子防未然，不處嫌疑閒；瓜田不納履，李下不正冠。」元王實甫西廂記第一本第二折：「先生是讀書君子，孟子曰：『男女授受不親，禮也。』君子『瓜田不納履，李下不整冠』，道不得個『非禮勿視，非禮勿聽，非禮勿言，非禮勿動』。」秦簡夫（？—？；至順間猶在世）東堂老楔子：「瓜田不納履，李下不整冠。請老兄另托高賢，小弟告回。」明陸采（一四七九—一五三七）明珠記抄沒：「深感將軍好意，爭奈瓜田不納履，李下不整冠，相公男子，妾身女人，雖則結為義父，難免外人議論。」警世通言小夫人金錢贈年少：「張勝道：『使不得！第一家中母親嚴謹；第二道不得瓜田不納履，李下不整冠；要來張勝家中，斷然使不得。』」

「瓜田李下」，指瓜田納履，李下整冠，有遭疑為盜瓜竊李。因用以比喻容易引起嫌疑的地方。東晉干寶（？—三三六）搜神記卷一五：「懼獲瓜田李下之譏。」北齊書袁聿修傳：

「瓜田李下，古人所慎。」南宋洪邁（一一二三—一二〇二）容齋三筆白公夜聞歌者：「然鄂州所見，亦一女子獨處，夫不在焉。瓜田李下之疑，唐人不譏也。」

「瓜田李下」，得省作「瓜李」。唐劉知幾（六六一—七二一）史通惑經：「躬為梟獍，則漏網遺名。跡涉瓜李，乃擬指顯錄。」白居易雜感詩：「嫌疑遠瓜李，言動慎毫芒。」天雨花第一八回：「嫌生瓜李全不避，至使風波平地生。」

「瓜李之嫌」，喻處於遭懷疑的境況。五代王定保（八七〇—九四一？）唐摭言好及第惡登科：「是知瓜李之嫌，薏苡之謗，斯不可忘。」警世通言趙太祖千里送京娘：「幸遇英雄相救，指望托以終身，誰知事既不諧，反涉瓜李之嫌。」

「瓜田之嫌」，猶云「瓜李之嫌」。明李贄（一五二七—一六〇二）與耿克念書：「我欲來已決，然反而思之，未免有瓜田之嫌。」

三、瓜字初分

昔時文人將「瓜」字拆開，恰成兩個「八」，隱二八十六之意，因用以特指女子十六歲。唐李羣玉（？—八六二？）醉後贈馮姬詩：「桂形淺拂梁家黛，瓜字初分碧玉年。」

舊時，女子十六歲，曰破瓜。「瓜」字拆開（即：破）為兩個八字，即二八之年，故稱。東晉孫綽（三一四—三七一）情人碧玉歌之二：「碧玉破瓜時，郎為情顛倒。」唐皇甫枚（？—？；咸通末任魯山令）三水小牘綠翹：「（魚玄機）色既傾國，思乃入神，喜讀書屬文，尤致意於一吟一咏。破瓜之歲，志慕清虛。」五代和凝（八九八—九五五）何滿子詞：「正是破瓜年幾，含情慣得人饒。」明王錂（？—？，萬曆前後之人）春蕪記賜婚：「主上聞知宅上小姐，雖自破瓜之年，未遂摽梅之願。」近人郁達夫犬山堤小步見櫻花未開口占之一：「一種銷魂誰解得，雲英三五破瓜前。」

「瓜」字分開，既為「八」、「八」二字，舊時又用作代稱六十四歲。分門古今類事卷五引宋楊億談苑：「呂洞賓仙翁多遊人間……張洎家居，忽有隱士通謁，乃仙翁姓名。洎見之，索紙筆八分書七言一絕留題，頗言將佐鼎席意。末云：『功成當在破瓜年』。俗以破瓜為二八，洎果六十四，乃其兆也。」

「破瓜」一詞，亦用以指女子破身言。警世通言杜十娘怒沉百寶箱：「那杜十娘自十三歲破瓜，今一十九歲，七年之內，不知歷過了多少公子王孫，一個個情迷意蕩，破家蕩產而不惜。」聊齋志異狐夢：「見一女子入，年可十八九，笑向女曰：『妹子已破瓜矣。新娘頗如意否？』」西湖佳話西泠韻迹：「既是主意定了，不消再說，待老身那裏去尋一個有才有貌的郎君，來與姑娘破瓜就是了。」

四、瓜子不大是人心

比喻物輕意重。人與仁（指瓜子）諧音雙關。近人周立波（一九〇八—一九七九）山鄉巨變下二〇：「你收了這吧，瓜子不大是人心，這不過是我們的一丁點兒敬意。」又，劉清蓮（一九三〇—　）春大姐四：「（張大嬸）說這是我給你的一個梳子、一瓶雪花膏……瓜子兒不大是人心，你可別笑話。」

五、瓜衍之賞

左傳宣公一五年：「晉侯賞桓子狄臣千室，亦賞士伯以瓜衍之縣。曰：『吾獲狄土，子之功也。微子，吾喪伯氏矣。』後遂以「瓜衍之賞」泛指重賞。西晉陸機（二六一—三〇三）演連珠之十二：「是以柳莊黜殯，非貪瓜衍之賞；禽息碎首，豈要先茅之田。」南史謝方明傳：「愧未有瓜衍之賞，且當與卿共豫章國祿。」

六、功成不居

語本老子：「生而不有，為而不恃，功成而不居。」按：不居，一作「弗居」。原意為任其自然存在，不占為己有。後人恒以「功成不居」表示立功而未將功勞歸諸本身。唐白居易與崇文詔：「威立無暴，功成不居。」清史稿曾國藩列傳：「開國以來，文臣封侯自是始。朝野稱賀，而國藩功成不居，粥粥如畏。」明李贄史綱評要周紀赧王：「功成弗居，賢將所難。」

七、功成不退

意謂功業已成，猶不求隱於野，以明哲保身也。亦即不諳知止之道。唐李白樂府行路難其三①：「有耳莫洗潁川水②，有口莫食首陽蕨③。含光混世④貴無名，何用孤高比雲月。吾觀自古賢達人，功成不退皆殞身：子胥既棄吳江上⑤，屈原終投湘水濱⑥，陸機雄才豈自保，李斯稅駕苦不早，華亭鶴唳詎可聞，上蔡蒼鷹何足道⑦。君不見吳中張翰稱達生，秋風忽憶江東行，且樂生前一杯酒，何須身後千載名⑧。」

①本首樂府詩其詩題間亦作古興。

②西晉皇甫謐（二一五—二八二）高士傳卷上：「（許）由於是遁耕於中岳潁水之陽，箕山之下，無輕天下色。堯又召為九州長，由不欲聞之，洗耳於潁水濱。」按：潁水，一稱潁河。源出今河南登封縣西南，東南流，經禹縣、臨潁、西華、商水，至周口鎮，北合賈魯河，南合沙河入淮。（嘉慶一統志卷二四五河南府一）

③史記伯夷列傳：「武王已平殷亂，天下宗周，而伯夷、叔齊恥之，義不食周粟，隱於首陽山，採薇而食之。」索隱：「薇，蕨也。」梁書阮孝緒傳：「周德雖興，夷、齊不厭薇蕨。漢道方盛，黃綺無悶山林。」按：薇、蕨本二草，昔人多混稱；太白改以叶韻，蓋有自也。

④內蘊不露，苟且度日曰含光混世。東漢蔡邕（一三三—一九二）陳大丘碑文：「赫矣陳君，命世是生，含光醇德，為士作程。」魏書常景傳：「其贊楊子雲曰：『蜀江導清流，揚子挹餘休。含光絕後彥，覃思邈前修。』含光，亦用以喻隨波逐流、隨俗浮沉。唐呂巖

（？—？約會昌、天祐間人）七言之三七：「未去瑤臺猶混世，不妨杯酒喜閒吟。」

⑤吳越春秋卷五夫差內傳：「吳王聞子胥之怨恨也，乃使人賜屬鏤之劍。子胥受劍，徒跣褰裳，下堂中庭，仰天呼怨。……遂伏劍而死。吳王乃取子胥屍，盛以鴟夷之器。投之於江中。言曰：『胥！汝一死之後，何能有知！』即斷其頭置高樓上。……乃棄其軀，投之江中。子胥因隨流揚波，依潮來往，蕩激崩岸。」

⑥東晉王嘉（？—？約建興、太元間人）拾遺記卷十：「屈原以忠見斥，隱於沅、湘，披榛茹草，混同禽獸，不交世務，採柏實以和桂膏，用養心神。被王逼逐，乃赴清冷之水，楚人思慕，謂之水仙。其神遊於天河，精靈時降湘浦。」

⑦晉書陸機傳：「成都王穎起兵討長沙王乂，假陸機後將軍、河北大都督，督北中郎將王粹、冠軍牽秀等諸軍二十餘萬人，戰於鹿苑，機軍大敗。宦人孟玖譖機於穎，言其有異志。穎怒，使秀密收機。機釋戎服，著白帢，與秀相見，神色自若。既而嘆曰：『華亭鶴唳，豈可復聞乎！』遂遇害於軍中。」世說新語尤悔：『陸平原沙橋敗，為盧志所讒，被誅。臨刑歎曰：『欲聞華亭鶴唳，可復得乎？』』注：「八王故事曰：『華亭，吳由拳縣郊外墅也。有清泉茂林。吳平後，陸機兄弟共遊於此十餘年。』語林曰：『機為河北都督，聞警角之聲，謂孫丞曰：『聞此不如華亭鶴唳。』故臨刑而有此歎。』」唳，鶴鳴也。文獻通考樂十一引宋陳暘樂書：「又陸士衡為河北都督，內懷憂懣，聞眾軍警角鼓吹，謂其司馬孫極曰：『我今聞此，不如華亭鶴鳴。』……」史記李斯列傳：「秦王乃除逐客之令，復

李斯官。卒用其計謀，官至廷尉。二十餘年，竟并天下，尊王為皇帝，以斯為丞相。……斯長男由為三川守，諸男皆尚秦公主，女悉嫁秦諸公子。三川守李由告歸咸陽，李斯置酒於家，百官長皆前為壽，門廷車騎以千數。李斯喟然而歎曰：『嗟乎！吾聞之荀卿曰：物禁太盛。夫斯乃上蔡布衣，閭巷之黔首。上不知其駑下，遂擢至此。當今人臣之位，無居臣上者，可謂富貴極矣。物極則衰，吾未知所稅駕也。』……二世二年七月，具斯五刑，論腰斬咸陽市。斯出獄，與其中子俱執，顧謂其中子曰：『吾欲與若復牽黃犬，俱出上蔡東門，逐狡兔，豈不得乎？』……」索隱：「稅駕，猶解駕，言休息也。李斯言已今日富貴已極，然未知向後吉凶止泊在何處也。」清王琦（？—？雍乾間人）李太白集注：「太平御覽：史記曰：『李斯臨刑，思牽黃犬，臂蒼鷹，出上蔡東門，不可得矣。』」按上引經查四庫文淵閣本太平御覽卷一五九作（史記）又曰：『李斯上蔡人也。……顧謂子曰：吾欲與客復牽黃犬，出上蔡東門，逐狡兔，可得乎？』」又，今本史記李斯列傳，皆無「臂蒼鷹」等字眼；李詩「上蔡蒼鷹何足道」或另有所本，茲記之以備忘也。

⑧稱達生，一作「真」達生。晉書文苑傳張翰：「張翰，字季鷹。吳郡吳人也。有清才，善屬文，而縱任不拘。齊王冏辟為大司馬東曹掾。冏時執權，翰因見秋風起，乃思吳中菰菜、蓴羹、鱸魚膾。曰：『人生貴得適志，何能羈宦數千里以要名爵乎？』遂命駕而歸。俄而，冏敗，人皆謂之見機。翰任心自適，不求當世，或謂之曰：『卿乃可縱適一時，獨不為身後名耶？』答曰：『使我有身後名，不如即時一杯酒。』時人貴其曠達。」

八、功成身退

老子：「功成、名遂、身退，天之道也。」一作「功遂身退」。

後人恆用以謂大功告成之後，斷然隱退在野，不再為官。後漢書鄧禹傳附孫鄧騭：「功成身退，讓國遜位，歷世外戚，無與為比。①」北宋蘇軾賜韓絳上表乞致仕不允詔：「功成身退，人臣之常。壽考康彊，有不得謝。」②

史記范睢蔡澤列傳：「功成名遂，而利附焉。」

①鄧騭（？—一二一）東漢南陽新野（今屬河南省）人。字昭伯。祖禹（二—五八）字仲華。少游學長安，與劉秀為莫逆交。新莽敗亡，佐劉秀定天下。父訓（四〇—九二），字平叔。寬中容眾，治家綦嚴；卒諡平壽敬侯。騭妹綏（八一—一二一），六歲能誦史書，十二歲通詩、論語。永元七年（九五）選入宮，初封為貴人，十四年（一〇二），立為皇后，史稱和熹皇后。

②韓絳（一〇一二—一〇八八）字子華，北宋開封雍丘（今河南杞縣）人，祖籍真定（今河北正定縣）。父億。少蔭補太廟齋郎，遷大理評事。慶曆二年（一〇四二）舉進士，除太子中允，累官同中書門下平章事，以司空、檢校太尉致仕，贈太傅，諡獻肅。渠與歐陽修、梅堯臣等多有唱和，遺有韓絳文集五〇卷、內外制集十三卷、奏議卅卷（宋史藝文志七），

惜今皆不存。全宋詞收其詞一闋、全宋詩錄其詩十三首、全宋文存其文二卷。榮按：億（九七二—一〇四四）字宗魏。咸平間舉進士，累官參知政事，以太子太傅致仕。渠為宰相王旦（九五七—一〇一七）之婿。旦，字子明。景德三年（一〇〇六）拜相，天禧元年（一〇一七）以疾罷相，卒贈太師、尚書令、魏國公，謚文正。

九、功成骨枯

唐曹松（八三〇？—九〇二？）己亥歲詩之一：「澤國江山入戰圖，生民何計樂樵蘇。憑君莫語封侯事，一將功成萬骨枯。」

曹詩本在描述戰爭殘酷之狀，一位將帥之「功業」，恆以犧牲萬人寶貴生命所致。後人以「功成骨枯」比喻為一己私利，令諸多人付出巨大犧牲。中國近代思想史參考資料簡編告非難民生主義者：「……而今，又孳孳然以獎勵資本家為務，至不惜犧牲他部分人利益以為殉，功成骨枯，在所不計。」

十、功成者隳

功業已成，往往易步入危險、毀壞之路。隳，ㄏㄨㄟ。

語出莊子山木：「功成者隳，名成者虧。」

十一、包羅萬象

謂包含容納一切。形容內容豐富，無所不有。黃帝宅經卷上：「所以包羅萬象，舉一千從。」元喬吉（？—一三四五）金錢記第三折：「聖人作易，幽贊神明，包羅萬象，道合乾坤。」兒女英雄傳第十回：「張姑娘這幾句話，說得軟中帶硬，八面兒見光，包羅萬象，把個鐵錚錚的十三妹倒寄放在那裏為難起來了。」

十二、行尸走肉

屍，通「尸」。一作「行屍走肉」。喻徒具骸骨，庸碌無為，毫無生氣之人。東晉王嘉拾遺記後漢：「（任末）臨終誡曰：『夫人好學，雖死若存，不學者，雖存，謂之行尸走肉耳。』」清王夫之讀通鑑論漢成帝六：「張禹之初，與王根異也，猶有生人之氣也；慮及子孫而行尸走肉，遂禍人之宗社，冒萬世之羞。」清昭槤嘯亭續錄劉文恪：「此等行屍走肉，亦復想啗我金耶？」近人李六如（一八八七—一九七三）六十年的變遷卷二第七章：「『天下興亡，匹夫有責』，難道你我就沒有責任嗎？都像你這樣，那中國四萬萬人，就等于四萬萬行尸走肉啦。」

「行尸走肉」，亦用以比喻精神貧乏，徒有形體者。近人郭澄清（一九三二—一九八九）大刀記第五章：「那個出賣靈魂者，只能做為一個行尸走肉繼續存在于世而已！」

行尸走肉，亦作「行尸走骨」，或省作「行肉」。雲笈七籤卷六〇：「雖位極人臣，皆行尸走骨矣。」清徐芳（一六二二—一六九四）答劉子淳書：「令季良於世，無一善可述……如是而其生也行肉耳。」

走肉行尸，用以喻徒具形骸，沒有靈魂之人。清華偉生（生卒年不詳，光宣間人）開國奇冤謀擢：「儘熱衷瞞神嚇鬼，扮花面走肉行尸。」

十三、多行不義必自斃

語出左傳鄭伯克段于鄢。隱公元年：「（祭仲）對曰：『姜氏何厭之有，不如早為之所，無使滋蔓。蔓，難圖也，蔓草猶不可除；況君之寵弟乎？』公曰：『多行不義，必自斃。子姑待之。』」

春秋初，鄭武公①從申國②迎娶一位夫人，名叫武姜③。生莊公④與共叔段⑤。莊公出生的時候，因胎位不正，腳先頭後而墜地，嚇壞了他的母親；因而命名寤生。從此，便討厭他。武姜總是偏愛共叔段，一心一意期待冊立共叔段為世子。多次向武公進言，終未獲首肯。

等到莊公嗣位，武姜就替共叔段要求以制⑥為封邑。莊公說：「制是一個形勢險要的地段，過去虢叔⑦就因為封在那裏而被剿滅。只要是別處。我都可以從命。」於是，武姜又替共叔段要求以京⑧為封邑，莊公順其母，將京邑封給共叔段。從此，鄭人都稱共叔段為京城大叔。⑨

大夫祭仲⑩說：「城邑的直徑超過三百丈，是國家的禍根。先王所遺留下來的制度，大邑不過國都的三分之一、中邑只有五分之一，而小邑僅有九分之一。現在，京邑顯然逾越範圍，不合先王的制度，您將遭遇難以收拾的後患！」莊公說：「家母硬要這樣，叫我如何避害？」祭仲又說：「令堂那有滿足的時候。不如早作安排，不要使他的勢力似野草一般蔓延開來，一旦蔓延起來，就很難收拾了。野草蔓延尚且不易剷除淨盡，何況是您自己寵愛愈恆的親弟弟！」莊公說：「多做壞事的人，一定會自取滅亡。你暫且等著瞧吧！」

①鄭，國名。姬姓、伯爵。周厲王之子、宣王之庶弟，名友。宣王間，始封鎬京畿內之地，今陝西省華縣西北後，隨平王東遷。說文通訓定聲：「鄭，始封在今陝西同州府華州。後幽王無道，友寄其帑與賄于虢鄶，其子武公與平王東遷，遂定虢鄶之地而施舊號于新國。今河南開封府新鄭縣。春秋之鄭，此新鄭也。」姬友，僭號桓公。其子掘突，一作滑突，僭號武公，在位二十七年（周平王元年—廿七年，公元前七七〇—前七四四年）。

②古國名。姜姓。周封伯夷之後于申。春秋時滅于楚。故城在今河南省南陽市。

③申侯之女，諡曰武，故稱武姜。

④寤，ㄨˋ。通「牾」（ㄨˇ）。說文：「牾，逆也。」婦女生產，頭先足後者為順；足先頭後者為逆。寤生，即逆生。莊公（？—周桓王十九年，？—前七〇一年）名寤生，武公之長子。在位四十三年。

⑤鄭武公之少子，莊公同母弟。鄭莊公元年（前七四三年）封于京。在京邑繕治甲兵，二十二年（前七二二年）襲鄭，武姜內應。莊公發兵敗之，又克之于鄢，段走共。莊公遷武姜于城潁。

⑥制，春秋鄭地名，在今河南省汜水縣境。

⑦文王之弟，王季之子，為卿士，有功勳于王室，封於虢，稱東虢，故地在今河南省滎澤縣滎亭。後為鄭所滅。

⑧鄭邑名。在今河南省滎陽縣東南。

⑨京城，指京（邑）。大，讀作ㄊㄞˋ。

⑩（？—前六八二）。鄭大夫。善權謀。

十四、如花似玉

形容女子臉龐、姿容出色，像花、玉般地美好。

語出詩魏風汾沮洳：「……彼其之子，美如英；……彼其之子，美如玉……。」英，華也。玉，美石也。京本通俗小說錯斬崔寧：「我朝元豐年間，有一個少年舉子，姓魏名鵬舉，字沖霄，年方一十八歲，娶得一個如花似玉的渾家。」元張壽卿（？—？）紅梨花第三折：「一個如花似玉的小娘子，和我那孩兒四目相窺，各有春心之意。」金瓶梅第五十五回：「只有潘金蓮打扮的如花似玉，喬模喬樣，在丫環夥裏，或是猜枚，或是抹牌，說也有，笑也有，狂的通沒些成色。」初刻拍案驚奇卷二：「徽州府休寧縣蓀田鄉姚氏有一女，名喚滴珠，年方十六，生得如花似玉，美冠一方。」老殘遊記第十五回：「他那女兒今年十九歲，像貌長的如花似玉。」

東漢趙曄（？—？）吳越春秋句踐陰謀外傳：「（文）種曰：『……夫吳王淫而好色，……往獻美女，其心必受之。惟王選擇美女二人而進之。』越王曰：『善！』乃使相者，國中得苧蘿山鬻薪之女曰西施、鄭旦。……」唐人遂有「苧蘿山下如花女」之句（黃滔）。「如花似玉」，亦作「如花似月」。四遊記南遊記華光與鐵扇公主成親第十二回：「鳳凰山玉環聖母有一女兒，名叫鐵扇公主，年方二八，生得如花似月。」紅樓夢第一〇九回：「可憐一位如花似月之女，結褵年餘，不料被孫家揉搓，以致身亡。」近人老舍（一八九九—一九六六）亦作「似玉如花」，趙子曰一：「公寓的老板就能請出一兩位似玉如花的大姑娘作陪。」

「如花似朵」，猶如花似玉。水滸傳第一〇一回：「轎子裏面，如花似朵的一個年少女子。」金瓶梅詞話第二七回：「又有那如花似朵的佳人，在傍打扇。」

十五、光風霽月

光風，雨止日出之和風。霽，ㄐㄧˋ。雨止天晴。霽月，謂明月。光風霽月，本用以描述雨過天晴，大地明淨之景象。南宋陳亮賀周丞相啟：「長江、大河，足以流轉墨客；光風霽月，足以蕩漾英游。」惟此一成語，恆用以形容人品高潔、胸襟開闊。北宋黃庭堅濂溪詩序：「春陵周茂叔，人品甚高，胸中灑落如光風霽月。」宋史道學傳周敦頤引魯直前作云：「黃庭堅稱其人品甚高，胸懷灑落如光風霽月。廉於取名而銳於求志，薄於徼福而厚於得民，菲於奉身而燕及煢嫠，陋於希世而尚友千古。」兒女英雄傳第四十回：「請老爺看看他這個心是何等的白日青天，聽聽他這段話是何等的光風霽月。」

光風霽月，亦用以喻政局清明。宣和遺事前集①：「上下三千餘年，興廢百千萬事，大概光風霽月之時少，陰雨晦冥之時多。」

昔，光風霽月，有省作「光霽」之例。元范梈（一二七二——一三三〇）貴州詩：「若無光霽在，何以破朱炎。」②

①亦稱「元集」。

②曹魏何晏景福殿賦：「開建陽則朱炎艷，啟金光則清風臻。」李善注云：「白虎通曰：『炎者太陽。』良曰：『朱炎，日也。』艷，日光。」唐杜甫白水縣崔少府高齋三十韻詩：「旅食白日長，況當朱炎赫。」

十六、如魚得水

語本三國志蜀志諸葛亮傳：「先主解之曰：『孤之有孔明，猶魚之有水也。』」後人恆以「如魚得水」喻得到與本身極投合之友，或喻處於理想時空之中。北宋王禹偁杜伏威傳贊①：

「初據江東，為英為雄，如虎嘯風。終歸帝里，為臣為子，如魚得水。」明高啟鞠歌行②：「物有合，勢必從，如魚得水雲與龍。」儒林外史第二十八回：「今得見蕭先生，如魚之得水了。」近人老舍茶館第三幕：「我們是應運而生，活在這個時代，真是如魚得水！」

①杜伏威（？—六二四）隋末齊州章丘（今山東省章丘縣）人。大業九年（六一三）與輔公祏（？—六二四）率眾起義於長白山，旋進軍淮南，眾至數萬。十三年（六一七）大破隋軍，占高郵，取歷陽，奄有江淮。次年，上表隋越王楊侗，任東南道大總管、封楚王。唐武德二年（六一九）歸唐，任東南道行臺尚書令、江淮安撫大使、封吳王。五年，至長安，未遣。七年，遭毒死。新、舊唐書有傳。

②樂府平調曲名。古辭已亡，今尚存陸機（西晉）、謝靈運、謝惠連（南朝宋）、李白（唐）等諸擬作。均為雜言，或三言、七言，或七、五言相間。主題多為抒發知己難逢之感。詳樂府詩集卷三三。

十七、如湯沃雪

亦作「如湯灌雪」、「如湯澆雪」、「如湯潑雪」。

湯，熱水。沃，澆；灌。熱水澆於雪上，（雪）隨即溶化。用以形容極其容易。

語本西漢枚乘（？—前一四〇）七發：「小飲大歡，如湯沃雪。」劉良注：「如湯沃雪，言食之易也。」孔子家語王言：「民之棄惡，如湯之灌雪焉。」南史王瑩傳：「丈人一旨，如湯澆雪耳。」水滸傳第五十八回：「若是拿得此人，覷此城子，如湯潑雪。」近人梁啟超論中國積弱由于防弊：「歷代民賊，自謂得計，變本而加厲之。及其究也，有不受節制，出于所防之外者二事：曰彝狄，曰流寇。二者一起，如湯沃雪，遂以滅亡。」

十八、走丸逆坂

比喻所求與所行相悖，難以如願。舊唐書李密傳：「芳餌之下，必有懸魚，惜其重賞，求人死力，走丸逆坂，匹此非難。凡百驍雄，誰不讎怨。」

十九、走投無路

意謂無路可走。喻陷入絕境，沒有出路。元楊顯之（？—？；與關漢卿為莫逆）瀟湘雨第三折：「淋的我走投無路……怎當這頭直上急簌簌雨打，腳底下滑擦泥淤。」封神演義第四八回：「聞太師這一會神魂飄蕩，心亂如麻，一時間走投無路。」近人魯迅彷徨祝福：「現在她只剩了一個光身了，大伯來收屋，又趕她。她真是走投無路了。」「走頭沒路」，意同走投無路。元秦簡夫東堂老第三折：「你如今走投沒路，我和你去李家叔叔討口飯吃咱。」水滸傳第六一回：「雙鞭將呼延灼，金槍手徐寧，也領一彪軍馬，搖旗吶喊，從山西邊殺出來，嚇得盧俊義走投沒路。」

計，王子猷也索訪戴空回。」

「走投無計」，猶云走投無路。元無名氏殺狗勸夫第二折：「似這雪呵教凍蘇秦走投無

二十、走馬上任

謂新委官員急速到任。後恆指接任新職。元馬致遠（？—？；大都人）薦福碑第二折：「加他為吉陽縣令，教他走馬上任。」古今小說李公子救蛇獲稱心：「李元果中高科，初任江州僉判，閭里作賀，走馬上任。」

「走馬赴任」、「走馬到任」，意同「走馬上任。」北宋孫光憲（？—九六八）北夢瑣言卷四：「偽作陳僕射行李，云山東盜起，車駕必謀幸蜀，先以陳公走馬赴任。」清孔尚任（一六四八—一七一八）桃花扇入道：「今奉上帝之命封為游天使者，走馬到任去也。」近人劉半農（一八九一，一作一八九〇—一九三四）也算發刊詞：「我覺得空氣很好，財政總長的背後有了銀行家幫忙，也就不妨走馬到任了。」

廿一、走馬看花

有二義：

一、形容得意、愉悅的心情。唐孟郊登科後詩：「昔日齷齪不足誇，今朝放蕩思無涯。春風得意馬蹄疾，一日看盡長安花。」南宋楊萬里葉叔羽集同年九人于櫻桃園詩：「走馬看

花才幾日，曉星殘月伴無人。」明于謙（一三九八—一四五七）喜雨行：「但願風調雨順民安業，我亦走馬看花歸帝京。」

二、喻匆匆、粗淺地瞭解事物。亦作「走馬觀花」。兒女英雄傳第二三回：「列公聽這部書，也不過逢場作戲，看這部書也不過走馬看花。」近人冰心（一九〇〇—一九九九）寄小讀者十八：「走馬看花，霧裏看花，都是看不清的。」

廿二、走馬陣頭雨

即陣雨。因其來去迅速、突然，故稱。明馮夢龍（一五七四—一六四六）山歌牀沿上：「六月裏走馬陣頭雨郙了能箇易得過，網見魚來便撒開。」

廿三、赤雀銜丹書

傳說殷紂時，有赤色鳥銜丹書止於西伯姬昌之戶，並授以天命。後其子發果滅商建立周朝。故昔恆以之泛指帝王順天受命之祥瑞。太平御覽卷二四引尚書中候：「周文王為西伯，季秋之月甲子，赤雀銜丹書入豐鄗，止于昌戶。乃拜，稽首受取。曰：『姬昌，蒼帝子；亡殷者，紂也。』」

赤雀銜丹書，一作「赤爵銜丹書」。史記周本紀：「……生昌，有聖瑞。……」張守節正義引尚書帝命驗：「季秋之月甲子，赤爵銜丹書入于酆，止于昌戶，其書云：『敬勝怠者吉，怠勝敬者滅，義勝欲者從，欲勝義者凶。凡事不強則枉，不敬則不正；枉者廢滅，敬著萬世。以仁得之，以仁守之，其量百世；以不仁得之，以仁守之，其量十世；以不仁得之，不仁守之，不及其世。』亦省作「赤雀銜書」。三國魏曹植赤雀贊：「西伯積德，天命攸顧，赤雀銜書，爰集昌戶。」南朝陳沈炯（五〇二—五六〇）陳武帝哀策文：「翠龜負字，赤雀銜書。」

廿四、走馬章臺

漢書張敞傳：「敞無威儀，時罷朝會，過走馬章臺街，使御史驅，自以便面拊馬。又為婦畫眉。」榮按：章臺街，西漢長安街名，多妓館。後因以「走馬章臺」指涉足娼戶閒，追歡買笑。唐崔顥（？—七五四）渭城少年行：「鬭雞下杜塵初合，走馬章臺日半斜。」北宋盼盼（？—？）惜春容詞：「少年看花雙鬢綠，走馬章臺弦管逐。」元劉庭信（？—？）新水令春恨套曲：「想俺那多才，柳陌花街，莫不是謝館秦樓，多應在走馬章臺。」亦省作「走章臺」。北宋蘇軾次韻劉貢父李公擇見寄之二：「為郡鮮歡君莫歎，猶勝塵土走章臺。」

廿五、吾雖不殺伯仁，伯仁由我而死

意謂間接致人於死。間接殺人也。

晉書周顗傳①：「初，（王）敦②之舉兵也，劉隗③勸帝④盡除諸王，司空（王）導⑤率羣從⑥詣闕⑦請罪，值顗將入，導呼顗謂曰：『伯仁，以百口累卿⑧！』顗直入不顧。既見帝，言導忠誠，申救甚至，帝納其言。顗喜飲酒，致醉而出。導猶在門，又呼顗。顗不與言，顧左右曰：『今年殺諸賊奴，取金印如斗大繫肘。』既出，又上表明導，言甚切至。導不知救己，而甚銜之。敦既得志，問導曰：『周顗、戴若思⑨南北之望，當登三司⑩，無所疑也。』導不答，又曰：『若不三司，便應令僕⑪邪？』又不答。敦曰：『若不爾，正當誅爾。』導又無言。導後料檢中書故事⑫，見顗表救己，殷勤款至。導執表流涕，悲不自勝，告其諸子曰：『吾雖不殺伯仁，伯仁由我而死。幽冥之中，負此良友！』」「吾」、「我」，同義，亦有作「『我』」雖不殺伯仁，……」。

①二六九—三二二。字伯仁。晉安成（今河南正陽縣境內）人。元帝時，任尚書左僕射。王敦起兵，敦堂兄王導赴闕請罪。顗在元帝前多方申救，帝納其言而導不知。後為敦所殺。顗，ㄧˇ。

②二六六—三二四。字處仲。晉臨沂（今山東臨沂縣）人。娶武帝女襄城公主，拜駙馬都尉。元帝渡江，敦與從兄導，同心翼戴，授鎮東大將軍兼都督六州諸軍事，領江州刺史，尋領荊州刺史。敦既得志，擁兵不朝意欲脅制朝廷，以沈充、錢鳳為謀主。永昌元年（三二二），以誅帝親信劉隗等為名，起兵反，東下陷石頭，入朝自為丞相。元帝崩，敦退屯姑孰。明帝太寧二年再反，兵入江寧，途中病死，眾潰，戮屍懸首於市。

③二七三—三三三。字大連。晉彭城（今江蘇徐州）人。初任冠軍將軍、彭城內史。元帝即位，任丹陽尹與刁協同受寵信，與王導、王敦對。旋任鎮北將軍都督清、徐、幽、平四川軍事，率萬人鎮泗口，為王敦所忌。永昌元年，敦以誅隗為名，起兵入建康（今南京市），隗戰敗，轉投奔石勒。隗，ㄨㄟˇ。

④指東晉元帝司馬睿。公元三一七至三二二年在位。

⑤二七六—三三九。字茂弘。晉臨沂人。少有識量，才智過人。元帝時為瑯玡王，居建康，導知天下已亂，勸王招攬俊賢以結人心。政務清靜，戶口殷實。朝野依賴，號為仲父。及帝即位，以導為丞相。歷事元帝、明帝、成帝三朝，出將入相，官至太傅。

⑥指諸子姪輩。典出後漢書李固傳，茲從略。

⑦赴皇宮殿廷。漢書朱買臣傳：「詣闕上書，書久不報。」

⑧今語猶謂：這些老老小小百多人的生死存亡，完全寄託您老大人了。

⑨？—三二二。敦兵入建康，收而殺之。晉書有傳。

⑩漢晉間，三公亦稱三司。太尉、司徒、司空並稱三公。

⑪尚書令與僕射合稱令僕。世說新語賞譽下：「桓公語嘉賓，阿源有德有言，向使作令僕，足以儀刑百揆，朝廷用違具才耳。」按殷浩字淵源。

⑫中書省舊檔卷。

卷五

一、河東三篋

漢書張安世傳：「上行幸①河東②，嘗亡③書三篋④，詔問莫能知，唯安世識之，具作其事。後購求⑤得書，以相校無所遺失。」試用今語釋白：「皇上（指漢武帝）親自巡視河東的時候，曾經遺失三隻小竹箱的書籍，召集羣臣垂詢，竟然沒有人記得這樁事，只有張安世一個人清清楚楚，並一一詳細條陳。後來懸賞尋找回來，按張安世所說的情況校核，居然沒有絲毫的偏差。」後人遂以這個典故，形容人讀書廣博、記性超羣。常見的運用形態有㈠、河東三篋、㈡、三篋、㈢、亡三篋、㈣、漢篋亡、㈤汾河委篋、㈥安世誦亡書。茲舉述如次——

•清王士禛（一六三四—一七一一）閱先兄西樵故事注賦：「南面百城如昨夢，河東三篋憶往年。」

•唐張說洛州張司馬集序：「魯宮藏篆，漢冢遺編，無不日覽萬言，暗藏三篋。」

•清唐孫華（一六三四—一七二三）伏聞上從學士臣揆叙俯詢詩：「腹空何補亡三篋，頭白誰能讀五車。」

•南宋陸游鼠敗書詩：「坐令漢篋亡，不減秦火厄。」

•唐李善（？—六八九）上文選注表：「汾河委筴，夙非成誦；嵩山墜簡，未議澄心。」

•北宋蘇軾和劉景文貝贈：「留子非為十日飲，要令安世誦亡書。」

①帝制時代，皇帝駕臨曰幸。行幸，猶今語親自巡視。

②黃河流經山西，自北而南，故稱今晉境，黃河以東之區域曰河東。秦、漢設河東郡，治所安邑。

③ㄨㄤˊ。遺失。

④ㄑㄧㄝˋ。小竹箱。

⑤懸賞格期買回失物。

二、河東獅吼

北宋陳慥（？—？；，父希亮。）字季常，少時使酒好劍，用財如土。曾與蘇軾馬上論用兵及古今成敗，自謂一世豪士。每宴客，必名歌妓唱曲、侑酒，極聲色之娛；妻柳氏，性悍妬，持杖擊壁，客散方止①。軾賦詩以戲季常：「龍丘居士亦可憐，談空說有夜不眠。忽聞河東獅子吼，拄杖落手心茫然②。」河東，柳姓郡望，用以隱指季常悍妻。獅子吼，本係用以形容佛祖講經，聲震世界。獅，亦作「師」。維摩經佛國品：「演法無畏，猶獅子吼。其所講說，乃如雷震。」陳好談佛，故軾借佛家語為戲。後遂稱悍婦曰河東婦；婦怒曰河東獅吼。

①參宋史卷二九八、列傳五七，容齋三筆卷三。
②東坡集卷一五、寄吳德仁兼簡陳季常詩。（四部備要本）

三、狗仗人勢

謂憑恃主子的權勢，欺壓別人。紅樓夢第七四回：「你就狗仗人勢，天天作耗，在我們跟前逞臉！」亦作「狗傍人勢」。清蔣士銓（一七二五—一七八五）一片石訪墓：「我把你這狗傍人勢的奴才，我是服張天師管的，你那個老頭兒，又不是道紀司，我怕他怎的。」

附：狗仗官勢

比喻壞人倚仗官衙權勢，欺壓他人。近人沈德鴻（一八九六—一九八一年）子夜七：「哼！他媽的實力！不過狗仗官勢。」

四、狗口裏吐不出象牙

比喻壞人說不出好話。元高文秀（？—？；東平人）遇上皇第一折：「和這等東面，有什麼好話，講出什麼理來，狗口裏吐不出象牙。」亦作「狗口裏生不出象牙」、「狗嘴裏吐不出象牙」。品花寶鑑第七回：「真正你這張嘴，狗口裏生不出象牙來。」今人李堯棠（一九〇四—？）秋五：「『還有嘞，我替你說出來：狗嘴裏吐不出象牙。』淑華調皮地笑道。」

五、狗血噴頭

比喻（遭人）粗語痛罵。亦作「狗血淋頭」。金瓶梅詞話第一七回：「我還把他罵的狗血噴了頭。」儒林外史第三回：「（范進）被胡屠戶一口啐在臉上，罵了一個狗血噴頭。」近人李堯棠秋三七：「他們睡得正香，你敢去吵醒他們，一定要罵得你狗血淋頭。」楊鳳歧（一九〇八—？）高乾大十一：「一張嘴，他就把你罵個狗血淋頭。」

六、狗血淋漓

猶言落花流水，一片殘破。近人梁啟超劫灰夢會議：「那飛天夜叉拿破崙，單刀匹馬，將這如荼如錦的歐洲，殺得個狗血淋漓。」

七、狗吠之驚

意謂小驚擾。史記平津侯主父列傳：「今中國無狗吠之驚，而外累於遠方之備，靡敝國家，非所以子民也。」亦作「狗吠之警」。漢書嚴助傳：「今方內無狗吠之警，而使陛下甲卒死亡，暴露中原。」

八、狗吠非主

狗見到不是自己的主人的人，往往不斷地吠叫。恆用以喻人臣各忠其主。戰國策齊策六：「貂勃曰：『跖之狗吠堯，非貴跖而賤堯也，狗固吠非其主也。』」史記淮陰侯列傳：「高祖曰：『是齊辯士也。』也詔齊捕蒯通。通至，上曰：『若教淮陰侯反乎？』對曰：『然！臣固教之。……』上怒曰：『亨（烹）之。』通曰：『嗟乎，冤哉！亨也。』上曰：『若教韓信反，何冤？』對曰：『秦之綱絕而維弛，山東大擾，異姓並起，英俊烏集。秦失其鹿，天下共逐之。於是，高材疾足者先得焉。跖之狗吠堯，堯非不仁；狗固吠非其主。當是時，臣唯獨知韓信，非知 陛下也，且天下銳精持鋒，欲為 陛下所為者甚眾，顧力不能耳；又可盡亨之邪？』高帝曰：『置之。』乃釋通之罪。」

九、狗肉不上桌

比喻不爭氣。亦作「狗肉上不得臺盤」。近人李準（一九二八—？）李雙雙小傳四：「放著排場不排場，放著光榮不光榮！我就見不得，『牽著不走，打著倒退』，『狗肉不上桌』這號人！」周立波巨變上十八：「落後分子都是狗肉上不得臺盤，稀泥巴糊不上壁。」

十、狗改不了吃屎

比喻本性難改。金瓶梅詞話第八六回：「我說這淫婦，死了你爺，原守不住，只當狗改不了吃屎。」兒女英雄傳第三一回：「縱讓他知些進退，不敢再來了，狗可改不了吃屎，一個犯事到官，說曾在咱們這宅裏放過他，老弟，你也耽點兒考成！」

十一、狗苟蠅營

像狗那般苟且求活，像蒼蠅那樣營營往來。喻不顧廉恥，到處鑽營。南宋文天祥（一二三六—一二八三）御試策一道：「牛維馬縶，狗苟蠅營，患得患失，無所不至者，無恠也。」元滕斌（？—？；至大間翰林學士）普天樂財曲：「錦步障，黃金塢，狗苟蠅營貪不足。」清王韜（一八二八—一八九七）禁游民：「以官場作利場，狗苟蠅營，靡所不至。」

十二、狗肺狼心

同「狼心狗肺」。喻心腸狠毒、貪婪。崑曲十五貫第二場：「謀財害命拐女人，狗肺狼心。」近人瞿秋白（一八九九—一九三五）東洋人出兵之一：「只為一班賣國格中國人，生成狗肺搭狼心，日日夜夜吃窮人，吃得來頭昏眼暗發熱昏。」醒世恆言李汧公邸遇俠客：「適來房德假捏虛情……那知這賊子恁般狼心狗肺。負義忘恩！」鏡花緣第二六回：「原來狼心狗肺都是又歪又偏的！」

十三、狗尾續貂

民國九十二年八月廿二日聯合報A13版：

「〔大陸新聞中心／綜合報導〕大陸著名作家馮驥才日前在天津大樹會畫館會見複製故宮藏畫第一人、唐山炎黃軒主人王開儒時，高度讚揚王開儒勇於向權威挑戰，指出北京故宮博物院在揭裱清明上河圖時篡改原作，進行破壞性修復。馮驥才認為北京故宮這種「狗尾續貂」式的續接不應該。香港大公報報導，清明上河圖是北宋末年張擇端所作，元、明、清各朝代，出現形形色色的仿品。……直到一九五〇年冬，終於在東北博物館的藏品堆裏發現清明上河圖的祖本真跡，才解開千古之謎。一九五八年，中共國家文物局有關領導及專家判定，此畫似乎未完，很可能失去後半部分，以至於一九九四年十一月，在北京故宮專家指導下，對原作強續一尾。這期間在一九七三年時，北京故宮揭裱此畫，對畫首處因母驢發情造成的生花妙筆，將發情的母驢誤為尖嘴立牛，而刪成殘畫。……王開儒在複製清明上河圖過程中，發現故宮對此畫『不該刪的刪了』、『不該續的續了』，同時澄清多年來該畫的「季節之爭」，……。」

「狗尾續貂」，本謂古代近侍官員以貂尾為冠飾，因任官太濫，貂尾不足，權以狗尾代之。後遂以之為諷刺封爵浮濫的隱詞。亦作「狗續貂尾」、「狗尾貂續」。詞源出自晉書趙王倫傳：「……奴卒廝役亦加以爵位。每朝會，貂蟬盈坐，時人為之諺曰：『貂不足，狗尾續。』」南朝梁任昉（四六〇—五〇八）為范尚書讓吏部封侯第一表：「全章有盈笥之談，華貂深不足之歎。」李善注引虞預晉錄：「趙王倫篡位時，侍中、常侍九十七人。每朝，小人滿庭，貂蟬半座。時人謠曰：『貂不足，狗尾續。』」北宋孫光憲北瑣夢言卷十八：「亂離以來，官爵過濫，封王作輔，狗尾續貂。」明朱鼎（？—？）玉鏡臺記王敦反：「近日主上昏聵，奸雄竊柄，狗尾續貂，忠良擯斥。」清嬴宗季女（咸豐、宣統間人）六月霜張羅：「殺人獻媚，情甘狗續貂尾。」

狗尾續貂，亦用在比喻以壞續好，前後不相稱。多指文學、藝術等作品，前引聯合報清明上河圖一則即屬之。北宋黃庭堅再次韻兼簡履中南玉詩文三：「經術貂蟬續狗尾，文章瓦釜作雷鳴。」南宋周必大（一一二六—一二〇四）楊廷秀送牛尾狸侑以長句次韻：「公詩如貂不煩削，我續狗尾句空著。」明無名氏霞箋記得箋窺認：「年兄所作甚佳，小弟勉吟在上，只是狗尾續貂，未免蠅污白璧。」清李漁（一六一〇—一六八〇）閒情偶寄詞曲上詞采：「尚有踴躍於前，懈弛於後，不得已而為狗尾貂續者亦有之。」近人胡適（一八九一—一九六二）水滸傳考證四：「聖嘆斷定水滸只有七十四回，而罵羅貫中為狗尾續貂。」

狗續金貂，則用以比喻濫封的官吏。清筱波山人（？—？，咸、光間人）愛國魂勤王：「嗟滿座狗續金貂，則索要清海宇誰把狼煙掃？」狗續侯冠，猶云狗續金貂。清感惺（？—？）斷頭臺黨爭：「琵歌宮市，為后不若為娼；狗續侯冠，畏首還當畏尾。」

十四、狗急跳牆

比喻面臨走投無路時，不顧後果地行動。牆，又作「墻」。語出敦煌變文集鷰子賦：「人急燒香，狗急驀牆。」紅樓夢第二七回：「今兒我聽了他的短見，人急造反，狗急跳牆，不但生事，而且我還沒趣。」近人楊毓嵣（一九一三—一九六八）北線：「敵人狗急跳墻，並不死心。」

十五、狗彘不若

比喻人品惡劣，連狗、豬都不如。今語亦作「豬狗不如」。荀子榮辱：「乳彘觸虎，乳狗不遠遊，不忘其親也。人也，憂忘其身，內忘其親，上忘其君，則是人也，而曾狗彘之不若也。」按「狥」同「狗」。

十六、狗豬不食其餘

謂狗、豬亦鄙薄其人，不食其所餘。極言人品之低下也。漢書元后傳：「（王）舜既見，太后知其為（王）莽求璽，怒罵之曰：『……受人孤寄，乘便利時，奪取其國，不復顧恩義。人如此者，狗豬不食其餘，天下豈有而兄弟邪！』」顏師古注：「言惡賤。」三國魏曹丕取父操宮人自侍，卞太后斥謂「狗鼠不食汝餘。」世說新語賢媛：「魏武帝崩，文帝悉取武帝宮人自侍。及帝病困，卞后出看疾。太后入戶見直侍並是昔日所愛幸者。太后問：『何時來邪？』云：『正伏魄時過。』因不復前而歎曰：『狗鼠不食汝餘，死故應爾！』至山陵，亦竟不臨。」亦作「狗彘不食汝餘」或「狗彘不食其餘」，且有省作「狗彘不食」者。明史李任傳：「汝為大將，不能殺賊，反為賊用，狗彘不食汝餘。」近人梁啟超收回幹線鐵路問題：「其由舞弊者，則經辦之人誠狗彘不食其餘，人人皆得誅之。」吳玉章（一八七八—一九六六）辛亥革命十三：「汪精衛、陳璧君則作了狗彘不食、遺臭萬年的無恥漢奸。」

十七、狗頭鼠腦

喻奴才相。黑籍冤魂第六回：「要說這林則徐，卻不像那些狗頭鼠腦的官員，要算我們中國的傑出人物。」

十八、秉公任直

持心公正，處事正直。明張居正（一五二五—一五八二）答鄭范溪書：「公但自信此心秉公任直，紛紛之言，不足為意。」

張居正，字叔大、號太岳。湖廣江陵（今湖北荊州）人。嘉靖進士，選庶吉士，授編修。為徐階所器重。累官右中允、國子監司業，翰林院侍講學士。隆慶元年（一五六七）任吏部侍郎兼東閣大學士，與高拱共同促成俺答封貢。神宗即位，結交宦官馮保逐高拱，任首輔。

萬曆初，慈聖皇太后以帝年幼，委以大權，帝亦以師禮待之。前後當國十年，積極改革，倡行恢復祖制，綜覈名實，整飭吏治，知人善任；禁濫用驛傳、冒濫生員；汰冗員、飭邊防，致物議飛騰，多以為操切。萬曆五年（一五七七）父喪，遵旨奪情。次年，下令清丈全國田畝。九年，行一條鞭法，平均賦役，國庫漸豐，內外安謐。次年，病卒，謚文忠。因神宗厭其生前恩威震主，遂遭抄籍。遺有張文忠公全集，明史有傳。

鄭范溪，與張居正同時人，其事略待考。

清史稿睿忠親王多爾袞傳：「有不秉公輔理，妄自尊大者，天地譴之！」

十九、秉公滅私

主持公道，消除私念。明張居正論大敵：「今不務為秉公滅私，振廢起墜，……。」

二十、秉文兼武

猶能文能武。唐牛肅（約聖曆、大曆間人，生卒年不詳）紀聞吳保安：「李將軍秉文兼武，受命專征。」

廿一、秉文經武

執掌文事，經營武備。南朝梁沈約（四四一—五一三）王亮等封侯詔：「秉文經武，任惟腹心。」

廿二、秉正無私

主持正義，沒有私念。三俠五義第一二回：「……聞得包公秉正無私，不畏權勢，……。」近人康濯（一九二〇—一九九一）春種秋收三面寶鏡：「……可又儼然是為了工作，秉正無私！」

持心公正，謂之秉正。明史王家屏傳：「每議事，秉正持法，不亢不隨。」清王士禛池北偶談談獻一葛端肅公家訓：「大凡人能清約，即能秉正。」

王家屏（一五三六—一六〇四）明山西山陰人。字忠伯、號樹南。隆慶進士。萬曆十二年（一五八四）以吏部左侍郎兼東閣大學士，預機務。疏請立國本。十九年，繼申時行任首輔，次年引病歸。家居十餘年病卒，謚文端，遺有王文端集。

王士禛，亦作王士禎。清山東新城（今桓臺）人。字子真；又字貽上，號阮亭，自署漁洋山人。順治進士。康熙十七年（一六七八）官侍讀，入值南書房，纂修明史。卅七年，擢左都御史。次年，下議裁減吏部、都察院冗員，力言御史必不可減，從其議。尋晉刑部尚書。後以失革職。重著述，為文豐富，熟諳典章制度。工詩，有一代宗匠之稱，與朱彝尊并稱「朱王」。遺有帶經堂全集、漁洋詩話、池北偶談、居易錄、香祖筆記等書。清史稿有傳（卷二六六）。

葛守禮（一五〇五—一五七八）。字與立、號與川。明山東德平（今臨邑）。嘉靖進士。累官南京禮部尚書，遭嚴嵩排擠致仕。隆慶元年（一五六七）官戶部尚書，奏定國計簿式。四年改左都御史。萬曆三年（一五七五）為張居正排擠，再度乞歸，卒謚端肅，遺有葛端肅公集，明史有傳（卷二一四）。

廿三、金甌無缺

金甌本指金製盆、盂之屬。東晉干寶搜神記卷四：「婦以金甌、麝香囊與婿別，涕泣而分。」明史錢龍錫傳：「帝倣古枚卜典，貯名金甌，焚香肅拜，以次探之。」清黃遵憲感事詩：「金甌親卜比公卿，領取冰銜十日榮。」後人亦用以指國土。南史朱异傳：「梁（武帝）嘗夙興至武德閣口，獨言：『我國家猶若金甌，無一傷缺。』」唐司空圖南北史感遇詩之五：「兵圍梁殿金甌破，火發陳宮玉樹摧。」清秋瑾（一八七五—一九〇七）鷓鴣天詞：「金甌已缺總須補，為國犧牲敢惜身。」

金甌無缺，喻國（疆）土完整。明徐弘祖（一五八六—一六四一）徐霞客遊記黔遊日記一：「……但各州之地，俱半錯衛屯，半淪苗孽，似非當時金甌無缺矣。」近人蔡東藩（一八七七—一九四五）、許廑父（？—？；約晚清至民卅間）民國通俗演義第五五回：「……以一省之治安，砥柱中流，故雖首都淪陷、海內騷然，卒得轉危為安，金甌無缺。」

金甌，亦為酒杯之美稱。元本高明琵琶記蔡宅祝壽：「春花明彩袖，春酒泛金甌。」明沈采（？—？，約成化、弘治間）千金記夜宴：「碧月照金甌，銀河燦珠斗。」

廿四、金輝玉潔

形容文辭斑斕簡潔。清劉大櫆（一六九八—一七七九）宋運夫時文序：「……間出其所為文章示余……其法律森然，金輝玉潔，以自成為一家之言。」

廿五、金輪皇帝

全稱有二：一作「慈氏越古金輪聖神皇帝」；又作「天冊金輪聖神皇帝」。略稱金輪皇帝，乃武則天之尊號也。

金輪，本佛教語。輪，梵語 Cakra，古印度兵器。印度上古傳說征服四方之轉輪王出世時，空中自然出現此輪寶，預示其未來之無敵神力。輪寶有金、銀、銅、鐵四種，感得金輪寶者，為金輪王，乃四輪之首，領東西南北四大洲。唐王勃釋迦佛賦：「蓋以玉輦呈瑞，金輪啟圖。」南宋陸游老學庵筆記卷九：「至宣和末，又以方士劉知常所鍊金輪，頒之天下神霄宮，名曰神霄寶輪。知常言其法以水鍊之成金，可鎮分野兵饑之災。」清趙翼題長椿寺九蓮菩薩畫像詩：「諸佛也應投地拜，榮光萬丈耀金輪。」

按：舊唐書本紀六則天皇后：「證聖元年（六九五）春一月，上加尊號曰慈氏越古金輪聖神皇帝，大赦天下，改元，大酺七日。」又，「秋九月，親祀南郊，加尊號天冊金輪聖神皇帝，大赦天下，……。」清王士禛香祖筆記卷十一：「嘉陵江岸皇澤寺有其（按指：武則天）遺像，乃是一比丘尼。予過之，題詩云：『鏡殿春深往事空，嘉陵禍水恨難窮。曾聞奪壻瑤光寺，持較金輪恐未工。』」今人趙樸初（一九〇七—二〇〇〇）讀駱賓王集詩：「則天才調古無倫，文事無慚號轉輪。」自注：「則天引佛經轉輪聖王之說，號金輪皇帝。」

廿六、金鳷擘海

鳷，同「翅」。金鳷，金翅鳥也。

金鳷擘海，恆用以喻詩文雄健有力，精深透徹。南宋嚴羽（一一九二？—一二四五？）滄浪詩話詩評：「李杜數公，如金鳷擘海，香象渡河。」郭紹虞校釋引舊譯華嚴經三六：「譬如金翅鳥王，飛行虛空，安住虛空，以清淨眼觀察大海龍王宮殿，奮勇猛力以左右翅搏開海水，悉令兩闢，知龍男女有命盡者而撮取之。」

金鳷擘海，亦作「金翅擘海」。清吳錫麒（？—？；乾嘉間人）程息廬同年心吾子詩鈔序：「昔人比之金翅擘海，香象渡河者，誠觀止之歎也。」

廿七、治絲而棼

語出左傳隱公四年：「衛州吁弒桓公而立。公問於眾仲曰：『衛州吁其成乎？』對曰：『臣聞以德和民；不聞以亂。以亂，猶治絲而棼之也。』……。」治，整理。棼，ㄈㄣˊ。亂；

使之紊亂。謂理絲不尋覓頭緒，將愈理愈亂。喻辦事若不得法，使之益加紊亂也。今多作「治絲益棼」。

近人梁啟超樂利主義泰斗邊沁之學說①邊沁之政法論：「夫政出多門②，非國家之福也。既有下院以代表民意，而復以上院掣肘之，是治絲而棼也。」

①邊沁（Jeremy Bentham，一七四八—一八三二）英倫理學家、法學家、哲學家。牛津大學畢業，曾任律師。渠將個體行為動機歸結於快樂與痛苦，而將道德之標準歸結為功利。主張個人利益之滿足（利己主義原則）乃保證「最大多數之最大幸福（利他主義原則）之手段。反對社會契約與自然法等學說，認為「避苦趨樂」乃個人行為之基礎，亦為區別行為善惡、是非之準則。主張自然競爭，反對政府干預經濟。邊沁為十九世紀西方功利主義學說之主要代表。梁氏將功利主義（Utilitarianism）譯作樂利主義；間亦有譯為「功用主義」之例，附誌之。

②語本左傳成公十六年：「魯之有季孟，猶晉之有欒范也，政令於是乎成。今其謀曰：『晉政多門，不可從也。』」資治通鑑唐中宗景龍三年：「時政出多門，濫官充溢，人以為三無坐處，謂宰相、御史及員外官也。」

廿八、其貌不揚

語出左傳魏舒命賈辛。昭公二十八年：「（叔向①）曰：『昔賈大夫惡②，娶妻而美，三年不言不笑。御以如皐，射雉獲之，其妻始笑而言。賈大夫曰：才之不可以已。我不能射，女遂不言不笑夫？今子少不颺，子若無言，吾幾失之矣③。言之不可以已也，如是。』遂如故知。」颺，一ㄤˊ。通「揚」。「今子少不颺」，杜預注：「顏貌不揚顯。」猶今語容貌不出色，眉目不太清秀、臉龐不怎麼俊美。唐裴度（七六五—八三九）自題寫真贊：「爾才不長，爾貌不揚。」後人遂以「其貌不揚」形容人容貌平常或醜陋。一作「風貌不揚」。北宋孫光憲北夢瑣言卷五：「唐大中初，盧攜舉進士，風貌不揚，語亦不正。」清李漁風箏誤閨哄：「只是二娘生的那一箇，貌既不揚，性又頑芬。」吳熾昌（一七八〇—？）客窗閑話續集某少君：「今又聞其來也，皆懼，又相晤，其貌不揚。父甚狐疑，兩兄直叱為妄冒。」

①一作叔嚮、叔譽。春秋晉大夫。羊舌氏，名肸，又稱叔。

②肸。食邑于楊（今山西省洪洞東南），亦稱楊肸。肸，ㄒㄧˋ。賈大夫，即賈辛，春秋祁（今山西祁縣）人。其醜無比，故曰惡。惡，醜也。

③亦作「吾幾失子矣」。

廿九、郤老先生

戲稱鑷子。俗作「却老先生」。

唐馮贄（？—？；約長慶、天佑間人）雲仙雜記卷四：「王僧虔晚年惡白髮。一日對客，左右進銅鑷。僧虔曰：『卻老先生至矣，庶幾乎？』」

卷六

一、香象渡河

喻大乘菩薩修證。優婆塞戒經三種菩提品：「如恆河水，三獸俱渡，兔、馬、香象。兔不至底，浮水而過。馬或至底，或不至底。象則盡底。」後人因以香象渡河喻證道深刻，亦用以比喻詩文精美透徹。南宋嚴羽滄浪詩話詩評：「李杜數公，如金鳷擘海，香象渡河。下視郊島輩，直蟲吟草間耳。」清袁枚隨園詩話卷八：「嚴滄浪借禪喻詩，無謂羚羊挂角，香象渡河，有神韻可味，無迹象可尋。」

香象渡河，亦作「香象絕流」。明袁宗道（一五六〇——一六〇〇）雜說：「至如般若緣深，靈根夙植，伽陵破卵，香象絕流。」

二、馬工枚速

馬，指司馬相如。枚，指枚皋①。二人為文，一工一速。漢書枚乘傳：「為文疾，受詔輒成，故所賦者多。司馬相如善為文而遲，故所作少而善於皋。」梁書張率傳：「率又為待詔賦奏之，甚見稱賞。手敕答曰：『省賦殊佳。相如工而不敏，枚皋速而不工，卿可謂兼二子於金馬②矣。」

馬工枚速，亦作「馬遲枚速」。

①父乘

②金馬門之省詞。漢武帝得大宛馬，乃命東門京以銅鑄像，立馬於魯班門外，因稱金馬門。後世恆用以為官署之代稱。唐李白古風之卅：「但識金馬門，誰知蓬萊山。」餘參史記卷一二六、後漢書卷廿四。

三、馬耳東風

東風吹過馬耳。比喻言不入耳、充耳不聞、無動於衷或互不相干。語出唐李白答王十二寒夜獨酌有懷詩之二：「世人聞此皆掉頭，有如東風射馬耳。」北宋蘇軾和何長官六言次韻：「青山自是絕色，無人誰與為容？說向市朝公子，何殊馬耳東風！」亦作「馬耳春風」。金元好問谷聖燈詩：「紛紛世議何足道，盡付馬耳春風前。」又，省作「馬耳風」。南宋陸游衰病詩：「仕官蟻窠夢，功名馬耳風。」清錢謙益送于鏘秀才南歸詩：「我生有命可自斷，世事豈異馬耳風。」

四、馬首是瞻

意謂作戰時，看主帥馬頭所向以齊一進退。左傳襄公一四年：「荀偃令曰：『雞鳴而駕，塞井夷竈，唯余馬首是瞻。』」杜注：「言進退從己。」後，遂比喻服從指揮或泛指樂於追隨別人行動。北史拓跋深傳：「今者相與，還次雲中，馬首是瞻，未便西邁。」清龔自珍定盦遺著與吳虹生書：「趙伯厚云：吾兄欲約弟及渠作西郊之遊，……此遊作何期會，作何章程，顧惟命是聽，惟馬首是瞻，勝于在家窮愁也。」

五、馬往犬報

意謂互相投贈，厚往薄來，詞出管子大匡：「諸侯之禮，令齊以豹皮往，小侯以鹿皮報；齊以馬往，小侯以犬報。」

六、馬到成功

本義指戰馬所至，立即成功。元鄭廷玉（？—？）元曲楚昭公第一折：「教場中點就四十萬雄兵，……管取馬到成功，奏凱回來也。」張國賓（？—？）薛仁貴楔子：「憑著您孩兒學成武藝，智勇雙全，若在兩陣之間，怕不馬到成功。」亦作「馬到功成」。前引鄭廷玉楚昭公第四折：「只願你馬到功成，奏凱而還。」

七、馬革裹屍

亦作「馬革裹尸」。用馬皮包裹屍體。意謂英勇作戰，死於沙場。後漢書馬援傳，「(援曰：)『男兒要當死於邊野，以馬革裹屍還葬耳，何能臥牀上在兒女子手中邪？』…」北齊朱湯(？—？)與徐陵請王琳首書：「誠復馬革裹尸，遂其平生之志；原野暴體，全彼人臣之節。」北宋蘇軾贈李兕彥威秀才詩：「誓將馬革裹屍還，肯學班超苦兒女！」宋史崔翰傳：「臣既以身許國，不願死於家，得以馬革裹尸足矣。」清昭槤嘯亭雜錄記辛亥敗兵事：「余刀俎餘生，受君恩乃不死，今得以馬革裹屍幸矣！」

馬革裹尸，一作「馬革盛尸」；亦省作「馬革」。金何宏中(？—？)述懷詩：「馬革盛尸每恨遲，西山餓踣更何辭。」隋書李圓通陳茂……傳論：「終能振拔汙泥之中，騰躍風雲之上，符馬革之願，快生平之心，非遇其時，焉能至於此也。」清蔣士銓冬青樹勤王：「我文天祥官樹牙旗，志存馬革，敢不戮力勤王，提兵破敵也。」

八、馬前潑水

相傳西漢朱買臣貧賤時，其妻求去。後買臣為會稽太守，其妻復來相認。渠命其妻潑水於地，言能收潑水，方可重合。此故事後衍為戲曲，元雜劇有漁樵記、清傳奇有爛柯山，京劇有馬前潑水。一說「潑水」事，最早當指姜太公前妻而言。

九、胡姑姑假姨姨

意謂胡亂認來的親戚。元無名氏謝金吾第三折：「俺本是深宮內苑帝王姬，如今在瓊樓朱邸做貴臣妻，家藏著丹書鐵券有光輝。你這賊不知那個知？怎將俺做的胡姑姑也假姨姨！」又，貨郎旦第一折：「都是些胡姑姑假姨姨廳堂上坐，待著我供玉饌飲金波。」醒世姻緣第一九回：「偏你這些老婆們，有這門些胡姑姑假姨姨。」

十、柔情俠骨

溫和柔順的情態，見義勇為的性格。花月痕第七回：「只有秋痕韻致天然，雖肌理瑩潔，不及我那紅卿；而一種柔情俠骨真與紅卿一模一樣。」

十一、柔情密意

溫柔親密的情意。紅樓夢第一一一回：「內中紫鵑也想起自己終身一無著落……如今空懸在寶玉屋內，雖說寶玉仍是柔情密意，究竟算不得什麼。於是，更哭得哀切。」如作「柔情蜜意」，則謂溫柔甜美之情意解，兩者詞意相近。

十二、政以賄成

意謂官場賄賂公行，吏治腐敗。

左傳襄公十年：「今自王叔之相也，政以賄成，而刑放於寵。」杜注：「隨財制政。」梁書武帝紀下：「然朱异之徒，作威作福，挾朋樹黨，政以賄成。」新唐書柳澤傳：「頃者，韋氏蠱亂，姦臣同惡，政以賄威，官以寵進。」國父孫中山（一八六六—一九二五）臨時大總統宣告各友邦書：「……賣官鬻爵，政以賄成。……」

十三、政由己出

政令悉自一己發出。指把持大權，獨斷專行者言。

語本史記項羽本紀：「太史公曰：『吾聞之周生①曰……三年，遂將五諸侯滅秦。分裂天下而封王侯，政由羽出，號為霸王。位雖不終，近古以來，未嘗有也。……』」近人章炳麟為民報封禁事移讓日本內務大臣平田東助書②之三：「獨有為　貴大臣告者，臺閣之上，政由己出，龍行虎步，高下在心，欲將民報③永遠禁止，則直令永遠禁止耳。」

①裴駰集解引文穎曰：「周時賢者。」張守節心義引孔文祥云：「周生，漢時儒者，姓周也。」

②平田东助（ひらたとうすけ）（一八四九—一九二五）日本明治、大正間政治家。少習醫。明治元年（一八六八）戊辰戰爭從軍任醫務職。四年（一八七一），隨岩倉使節團赴歐，於柏林、海德堡等大學攻讀國際公法、財政學、政治學等課程，前後五年，獲哲學博士學位。返國後，任勅

選貴族院（上院）議員、第一次桂內閣（一九〇一、六──一九〇五、十二）、第二次桂內閣（一九〇八、七──一九一一、七）任內務大臣等職。著有信用組合論、產業組合法要義等書。

③中國同盟會機關報。光緒卅一年（一九〇五）十一月廿六日於日本東京創刊，卅四年（一九〇八）冬，遭日政府封禁。宣統二年（一九一〇）初，於日本秘密恢復印行，兩期後停刊，計刊出二十六號。另附天討等增刊。民報宣傳民主革命之主張，批駁新民叢報保皇謬論，國父孫中山先生於該報發刊詞首次揭櫫三民主義。先後由胡漢民、章炳麟、汪精衛等主編，陳天華、朱執信、廖仲愷、馬君武、宋教仁等均曾撰稿。

十四、既來之，則安之

語出論語季氏：「孔子曰：『……聞有國有家者，不患寡而患不均，不患貧而患不安。蓋均無貧，和無寡，安無傾。夫如是，故遠人不服，則修文德以來之，既來之，則安之！……』」

「既來之則安之」，本謂招徠遠人，並妥加安撫。後，多指已經來了，就該安心。如：元吳昌齡（？──？，元初人）張天師第一折：「既來之，則安之。仙子請坐，客小生遞一杯酒咱。」又，醒當恒言賣油郎獨占花魁：「瑤琴既來之，則安之。」

十五、既往不咎

語出論語八佾：「哀公問社於宰我。宰我對曰：『夏后氏以松，殷人以柏，周人以栗。曰：使民戰栗。』子聞之曰：『成事不說，遂事不諫。既往不咎。』」三國志魏志曹爽傳：「……於是，收爽、羲、訓……當等。皆伏誅，夷三族。」裴松之注引魏略：「畢軌前失，既往不咎，但恐事後難可以再。」

既往不咎，意謂對於過去的錯誤不再責難、追究。咎，ㄐㄧㄡˋ。責備、處罰。

十六、狼羊同飼

喻將壞人與好人一樣對待。明張居正答兩廣凌羊山計羅旁善後：「（羅旁）不設官建治，何以統之……但聞顧所籍者多係遠縣之民，其中或有來歷不明，流浪無根，或賊黨詭名偽姓，若但務招徠，不加審別，蘭棘並植，狼羊同飼，將復為昔日之羅旁矣。」

十七、狼心狗行

喻心腸狠毒、貪婪，行為卑鄙無恥。元楊暹（？—？）西遊記第一三齣：「見一人光紗帽，黑布衫，鷹頭雀腦將身探，狼心狗行潛蹤闞，鵝行鴨步懷愚濫。」三國演義第九三回：「狼心狗行之輩，滾滾當朝；奴顏婢膝之徒，紛紛秉政。」初刻拍案驚奇卷二〇：「每見貪酷小人，惟利是圖，不過使這幾家治下百姓，賣兒貼婦，充其囊橐。此真狼心狗行之徒！」

十八、狼吞虎噬

像狼、虎那樣吞食咬嚼。比喻極為貪婪、殘忍。明無名氏鳴鳳記二相爭朝：「你（嚴嵩）闢私門，賄賂行，半朝臣，皆從順。你狼吞虎噬傷殘了萬民百姓，害得那有功臣、百事無成。」花月痕第五〇回：「自此以往，司牧之官，必能掃除一切苛政……去害馬以安馴良，泯雀角鼠牙之釁，絕狼吞虎噬之端，不驚不擾，民得寬然，各盡地力。」

十九、狼吞虎嚥

同「狼吞虎咽」（ㄧㄢˋ），「狼吞虎餐」。皆形容吃得又猛又急。水滸後傳第五回：「走了這半天，肚中飢餒，狼吞虎嚥喫了一回。」官場現形記第三四回：「只見他拿筷子把蹄子一塊一塊夾碎，有一寸見方大小，和在飯裏，不上一刻工夫，狼吞虎咽，居然吃個精光。」黑籍冤魂第二三回：「他們把飯煮熟，菜燒好，聚在一起，就在村前打麥場上，狼吞虎餐的吃。」

卷七

一、陶犬瓦雞

陶製之犬與瓦製之雞。喻無用之物也。南朝梁（孝）元帝（蕭繹，，五〇八—五五五）金樓子立言上：「夫陶犬無守夜之警，瓦雞無司晨之益。塗車不能代勞，木馬不中馳逐。」又，故事成語考鳥獸：「空存無用，何殊陶犬瓦雞？」

二、得未曾有

從來沒有過，（今始得之）。楞嚴經卷一：「法筵清眾，得未曾有。」唐萬齊融（？—？神龍間名揚京師）①阿育王寺常住田碑：「何寶塔之莊嚴，得未曾有。」北宋蘇軾與郭功甫書之一：「昨辱寵臨，久不聞語，殊出意表，蓋所謂得未嘗有也。」「曾」、「嘗」義同。清沈葆楨（七八二〇—七八七九）②題臺南延平郡王祠聯：「開萬古得未曾有之奇，洪荒留此山川，作遺民世界；極一生無可如何之遇，缺憾還諸天地，是創格完人。」③

①越州（今浙江紹興人）。曾任秘書省正字、涇陽令、崑山令。神龍間（七〇五—七〇七

年），與賀知章、賀朝、張若虛、邢巨、包融，俱以吳越之士，文辭俊秀，名揚於京師長安，民間多傳其文。全唐詩錄渠詩四首（卷一一七）、全唐文錄其文二篇（卷三三五）。生平事略分見舊唐書賀知章傳與唐詩紀事卷二二。

②清福建侯官（今屬福州）人。原名振宗，字幼丹。舉道光丁未科進士。咸豐五年（一八五六）任九江知府，繼署廣信知府。後隨曾國藩辦理營務，擢廣饒九南道。十一年（一八六一）升江西巡撫。同治五年（一八六六）遷福建船政大臣，主持福州船政局。十三年（一八七四）拜欽差大臣，渡臺，並兼辦臺疆與各國通商事務。在臺期間積極布署海、陸防務。調整行政區劃，購置機器設備、開採基隆煤礦。光緒元年（一八七五）擢升兩江總督兼南洋通商大臣，督辦南洋海防、擴充南洋水師，卒於任，贈太子太保，謚文肅，清史稿有傳，留有沈文肅公政書。

③清史稿鄭成功列傳：「光緒初，德宗允船政大臣沈葆楨疏請，為成功立祠臺灣。」原祠為福州式建築。光復後，拆除重建為北方式建物。現址臺南市中區開山路一五二號。木刻沈聯，現珍藏於國立臺灣博物館（前稱臺灣省立博物館）另，臺北州立第二中學校（日治大正十一年、民十一、五月創校），光復後改名臺灣省立成功中學（今臺北市立成功高級中學），其校歌歌詞：「萬古開山未有奇，登臺望海憶當時。偉哉斯人，壯哉此志！為民族奠定了復興基礎，為臺灣創造了光榮歷史。……」即取意於明鄭復臺之史實與沈聯字句，附誌。

三、得時無怠

獲得機會，不可懈惰。喻人必須把握歲月。語出國語越語下：「范蠡進諫曰：『……臣聞之得時無怠，時不再來。天予不取，反為之災。……』」時，泛指某一時段。在此，作機會、時機等解。論語陽貨：「好從事而亟失時，可謂知乎？曰，不可。日月可逝矣！歲不我與。」懈惰曰怠。商君書弱民：「民畏死，事亂而戰，故兵農怠而國弱。」

四、得意忘形

有二義：

一謂因高興而物我兩忘。後多用以形容高興得失去常態；所謂忘乎所以。晉書阮籍傳：「阮籍嗜酒能嘯，善彈琴。當其得意，忽忘形骸。」元鮮于必仁（？—？）折桂令畫曲：「手掛掌坳，得意忘形，眼興迢遙。」又，官場維新記第二回：「袁伯珍弄得得意忘形了。」

一謂取其精神而無視其形式；一作「得意忘象」。北宋歐陽脩試筆李邕書：「余雖因邕書得筆法，然為字絕不相類，豈得其意而忘其形者邪？」唐梁肅（七五三—七九三）止觀統例議：「非夫聰明深遠，得意忘象，其孰能知乎？」北宋黃伯思（一〇七三—一一一二）東觀餘論跋滕子濟所藏唐人出遊圖：「昔人深於畫者得意忘象，其形模位置有不可以常法觀者……此弓寫唐人出游狀，據其名題，或有弗同時者，而揚鑣並驅，睇眄相語，豈亦於世得意忘象者乎？」

附：得意

有多義：

一領會旨趣之謂也。莊子外物：「言者所以在意，得意而忘言。」列子仲尼：「得意者無言，進知者亦無言。」北宋孔平仲（？—？）續世說捷悟：「動若騁才，靜若得意。」明沈鯨（？—？，嘉靖隆慶間在世）雙珠記風鑑通神：「義理一原須得意，知行兩字在潛心。」

一猶云得志。管子小匡：「管仲者，天下之賢人也，大器也。在楚，則楚得意於天下；在晉，則晉得意於天下；在狄，則狄得意於天下。」史記六國年表：「秦既得意，燒天下詩、書、諸侯史記尤甚，為其有所刺譏也。」唐韓愈潮州刺史謝上表：「東巡泰山，奏功皇天，具著顯庸，明示得意。」清魏源（一七九四—一八五七）聖武記卷一〇：「天子方舉西巡狩之典，幸五臺，示得意。」

一謂稱心。或滿意。西漢劉向（前七七—前六）列女傳黎莊夫人：「黎莊夫人者，衛侯之女，黎莊公之夫人也。既往而不同欲，所務者異，未嘗得見，甚不得意。」新唐書柳公權傳：「嘗書京兆西明寺金剛經，有鍾、王、歐、虞、褚、陸諸家法，自為得意。」北宋蘇軾乘舟過賈收水閣收不在見其子詩之二：「得意詩酒在，終身魚稻鄉。樂哉無一事，何處不清涼。」

一謂及第。唐趙氏（？—？）聞夫杜羔登第詩：「良人得意正年少，今夜醉眠何處樓。」明陳汝元（？—？；萬曆二十五年舉人。）金蓮記偕針：「期爾香浮曲水，誇得意於春風。」清平步青（一八三二—一八九五）霞外攟屑釋諺得意：「越人此試雋為得意。」

春風得意，本用以描述：在春風輕拂當中，神爽氣清、洋洋自得。舊多借指讀書人科舉得售的得意心情。唐孟郊登科後詩：「春風得意馬蹄疾，一日看盡長安花。」元喬吉金錢記第四折：「我見他春風得意長安道，因此上迎頭兒將女壻招。」後人亦用以形容官運亨通或辦事順遂，其達成目的時得意的情態。如：今人歐陽山（一九〇八—？）柳暗花明一〇五：「他剛剛升了縣長，本來是可以望青雲直上，春風得意的。…」

五、得意忘言

謂既已領會其意旨，則不再需要表意之言詞。此一成語，亦出自莊子外物：「言者所以在意。得意而忘言。」晉書傅咸傳：「得意忘言，言未易盡。苟明公有以察其悾款，言豈在多。」南朝梁吳均（四六九—五二〇）行路難詩之五：「君不見上林苑中客，冰羅霧縠象牙席。盡是得意忘言者，探腸見膽無所惜。」後人亦引申作彼此有默契，心照不宣。清王士禛香祖筆記卷二：「唐人五言絕句，往往入禪，有得意忘言之妙。」近人郭紹虞（一八九三—一九八四）中國文學批評史論詩云：「……何況建立在這種境界的詩論，如所謂作詩方法也，讀詩方法也，又都重在語中無語……重在不著一字，重在得意忘言。」

六、得意洋洋

本作「意氣揚揚」。謂十分得意狀。語出史記管晏列傳：「其夫為相御，擁大蓋，策駟馬，意氣揚揚，甚自得也。」說唐第六五回：「程咬金得意洋洋，好不快活。」兒女英雄傳第十八回：「再和那些家丁們比試了一番，一個個都沒有勝得他的，他便對了那先生得意洋洋賣弄他那家本領。」揚揚，形容得意狀。荀子儒效：「呼先王以欺愚者，而求衣食焉，得委積足以揜其口，則揚揚如也。」洋洋，狀舒暢或無涯。北宋范仲淹岳陽樓記：「把酒臨風，其喜洋洋者矣！」

七、得魚忘筌

捕到了魚，卻不記得魚籠。恆用以比喻既達目的，旋即忘了憑籍。得，捕。宋史蔡挺傳：「中飭屬縣嚴保伍，得居停姦盜者數人，弛其宿負，……盜每發輒得。」求而獲之，亦曰得。論語雍也：「子游為武城宰。子曰：『女得人焉乎爾？』」取魚竹器，編竹而成，形如筐籠曰筌，讀作ㄑㄩㄢˊ。南朝梁江淹雜體詩：「一時排冥筌，泠然空中嘗。」得魚忘筌，語出莊子外物：「荃者，所以在魚；得魚而忘荃。」王先謙集解：「釋文荃，崔音孫，香草也，可以餌魚；或云：積柴水中，使魚依而食焉；一云：魚笱也。」魚笱曰荃，通「筌」。笱，ㄍㄡˇ。竹製捕魚器。詩邶風谷風：「毋逝我梁，毋發我笱。」

八、笨鳥先飛

比喻能力差的人（即能力不如人），生怕趕不上人，搶先一步動作。亦多用作自謙之詞。元關漢卿（？—？）陳母教子第一折：「（末三云）：二哥，你得了官也。我和你有箇比喻，我似那靈禽①在後，你這等坌②鳥先飛。」

①靈禽，珍禽；神鳥。或對鳥的美稱。在此，用以自詡。
②ㄅㄣˋ。不靈巧。笨。元王仲元（？—一三一六）普天樂春日多雨曲：「樽前扮蠢，花開塑坌，席上粧憨。」孫仲章（？—？；大都人）勘頭巾第一折：「我勸你言詞休記恨，減了些性粗性蠢，則要你粧癡粧坌。」二刻拍案驚奇卷二五：「我身子坌，果然下去不得，我只在上邊吊著繩頭，用些坌氣力罷。」

九、笨嘴笨舌

說話能力甚差，口才不佳。今人周而復（一九一四—？）上海的早晨第一部、十一：「馮永祥平時以能說會道出名于工商界的，現在卻變得好像是一個笨嘴笨舌的人了。」

笨嘴笨舌，亦作「笨嘴拙舌」或「笨口拙舌」。楊朔（一九一三—一九六八）石油城：「劉公之低著頭，用大手搓著大腿，挺為難地說：『我這個人，笨嘴拙舌的，談什麼呢？』」

秦兆陽（一九一六—？）在田野上前進第一章：「他跟黃永清一樣，實在有點怕這個人，部隊作風，說話又尖又硬，絲毫不留情面，又滿有一套理論，笨口拙舌的大老粗，真說不過他。」

十、掩目捕雀

遮住眼睛捉取飛雀。喻自欺欺人①。

屬諺語。初見於後漢書②。三國志魏志陳琳傳：「易稱『即鹿無虞』③，諺有『掩目捕雀』。夫微物尚不可欺以得志，況大國之事，其可以詐立乎！」北史魏紀五孝武帝：「閒者，凶權誕恣④，法令變常，遂立夷貊輕賦，冀信天下之意，隨以箕歛⑤之重，終納十倍之征，掩目捕雀，何能過此！」又，朱子語類卷七二：「諺所謂『掩目捕雀』，我卻不見雀，不知雀卻看見我。」

①自己欺騙自己曰自欺。禮記大學：「所謂誠其意者，毋自欺也。」南宋葉適（一一五〇—一二二三）毋自欺室銘：「有聞善之意而疑己以不明，自欺也；有為高之心而畏己以不能，自欺也。」藉自己且無法置信之言語或手段以欺騙他人曰自欺欺人。朱子語類卷十八：「因說自欺欺人，曰欺人亦是自欺，此又是自欺之甚者。」又，近人魯迅且介亭雜文病後雜談：「……還有一種輕捷的小道，是：彼此說謊，自欺欺人。」前揭書末編立此存照㈢：「其

實，中國人是並非『沒有自知』之明的，缺點只在有些人安于『自欺』，由此並想『欺人』。」瞿秋白亂彈世紀末的悲哀：「越是叫得響，越是因為他們膽怯，這是自欺欺人的叫喊，不過想要掩飾自己的害怕，蓋住內心的悲哀，世紀末的悲哀。」

②何進傳。餘詳③。

③易屯：「即鹿无虞，惟人于林中；君子幾，不如舍，往吝。象曰：即鹿无虞，以從禽也。君子舍之，往吝窮也。」孔穎達疏：「即，就也。虞，謂虞官。如人之田獵，欲從就於鹿，當有虞官助己，商度形勢可否，乃始得鹿；若無虞官，即虛入于林木之中。」高亨注：「即鹿，猶言從鹿，逐鹿耳。」嗣後因多用以喻條件不具而盲目從事、徒勞無功。後漢書何進傳：「易稱『即鹿無虞』，諺有『掩目捕雀』。夫微物尚不可欺以得志，況國之大事，其可以詐立乎？」北宋蘇軾上神宗皇帝書：「今欲鑿空尋訪水利，所謂即鹿無虞，豈惟徒勞，必大煩擾。」

④奸臣弄權，肆無忌憚。凶權，詳北齊書文宣帝紀。

⑤以箕斂之曰箕斂。謂苛斂民財。詳史記張耳陳餘列傳、新五代史雜傳四趙犨等。犨，ㄔㄡ。

十一、掩耳盜鐘

一作「掩耳盜鍾」。本義謂捂住雙耳，偷取鐘也。

鐘，古樂器名。經傳或作「鍾」。昔鑄銅為之，亦或以鐵；中空，用木槌擊之發聲。單獨懸掛者稱特鐘，大小相次成組懸掛者稱編鐘。周禮冬官考工記：「鳧氏為鐘。」詩周南關雎：「窈窕淑女，鍾鼓樂之。」又，小雅彤弓：「鍾鼓既設，一朝饗之。」左傳昭公二十一年：「夫音，樂之輿也，而鐘，音之器也。」宋書樂志：「鐘者，世本云：『黃帝工人垂所造；……』」古今樂錄：「凡金為樂器有六，皆鐘之類也，曰鐘、曰鎛、曰錞、曰鐲、曰鐃、曰鐸。」

掩耳盜鐘語出呂氏春秋自知：「范氏①之亡也，百姓有得鍾者，欲負而走。則鍾大不可負，以椎毀之，鍾怳然②有音。恐人聞之而奪己也，遽揜其耳。」唐劉知幾史通書志：「或以前為後，以虛為實，移的就箭，曲取相諧，掩耳盜鐘，自云無覺，詎知後生可畏，來者難誣者邪！」明楊慎希夷易圖：「後天圖見於邵伯溫③之序。朱子因其出希夷而諱之，殆掩耳盜鐘也。」

「掩耳盜鈴」，意同「掩耳盜鐘」。鈴，形似小鐘，中有舌動以發音之金屬器也。增韻：「鈴，……又為圓形，半裂以出聲，錮珠於內以鳴之。」周禮春官：「大祭祀鳴鈴，以應雞人。」南宋朱熹答江德功書：「成書不出姓名，以避近民之譏，此與掩耳盜鈴之見何異？」清李漁玉搔頭媲美：「寡人為尋劉倩倩，借名討賊而來，只說掩耳盜鈴，假意要與真情互見。」

「掩耳盜鈴」，間亦作「掩耳偷鈴」。元無名氏舉案齊眉第四折：「難道他掩耳偷鈴，則待要見世生苗。」明沈鯨雙珠記遇淫持心：「空延頸，苟圖掩耳偷鈴。」天雨花第四回：

「姐姐，何必問他，他自掩耳偷鈴，好似失心瘋的一般。」

榮按：掩耳一詞，出自左傳荀躒唁公於乾侯。

左傳昭公卅一年：「（昭）公曰：『君惠顧先君之好，施及亡人，將使歸，糞除宗祧以事君，則不能見夫人。已所能見夫人者，有如河。』荀躒④掩耳而走。」

①周定王十四年（公元前五九三年）春，晉既滅潞氏，復欲兼併赤狄其他諸部。景公乃以士會率師伐甲氏（今山西屯留北、一說河北永年東北）、留吁（今屯留南）、鐸氏（今長治東），皆取之。獻狄俘于周王。景公以士會將中軍，且為太傅，食邑范，子孫以之為姓。平公九年（公元前五四九年）范宣子（士匄）為政。定公廿二年（公元前四九〇年）晉趙鞅伐荀寅、范吉射于柏人（今河北隆堯西南），荀氏、范氏奔齊。吉射謚昭，稱范昭子，獻子之子。

②ㄏㄨㄤˇ ㄖㄢˊ。縣然。

③（一〇五七—一一三四）北宋河南府（今河南洛陽）人，字子文。邵雍之子。宋史有傳。

④春秋晉大夫。別名文伯，知文子、知伯、知躒。事譚春秋昭公卅一年、左傳昭公九、十五、廿二、廿八、卅一年，又定公十三年。

十二、琴心劍膽

琴、劍為古代文人隨身之物。琴為心，劍為膽，喻剛柔相濟，儒雅任俠。亦即既有情致、又有膽識。猶言使骨柔情。元吳萊（一二九七—一三四〇）去歲留杭德興傅子建夢得句云鼉鼉滄海賦龍馬赤文書間以語子及其鄉人董與幾山空歲晚恍然有懷為續此詩卻寄董詩：「觸目懷招隱，興歌託遂初。……小榻琴心展，長纓劍膽舒……。」（五古）。清古越嬴宗季女①六月霜②第三齣：「你如莫邪③剛，并剪④快，哀梨⑤脆，琴心劍膽羞姿媚。」

①古越，即今浙江省。嬴宗季女，化名。真姓本名待考。

②近代傳奇劇本。光緒卅三年（一九〇七）九月刊。卷首有作者自序，自題詞、香雪前身苛人題詞。本文十四齣，前有前提一齣。附有秋女七傳（作者吳芝瑛），記秋女士遺事、秋瑾烈士小影、秋女士遺文與哀詞。

③亦作「莫耶」。古傳說春秋吳王闔閭令干將於匠門鑄劍，鐵汁不下，其妻莫邪自投爐中，鐵汁乃出。遂成二劍，雄劍名干將，雌劍名莫邪。干進雄劍於吳王，而藏雌劍。雌劍思念雄劍，常悲鳴不已。後人遂以「莫邪」為寶劍之通稱。

④亦作「并翦」，即并州剪。古并州剪刀，以鋒利著稱。唐杜甫戲題畫山水圖歌：「焉得并州快剪刀，剪取吳松半江水。」元楊維楨廬山瀑布謠：「便欲手把并州剪，剪取一副玻璃煙。」并剪（翦）為并州剪之省詞。并州，古九州之一，其地約當今河北保定與山西太原、大同一帶。

⑤哀家梨，省詞作「哀梨」。世說新語輕詆：「桓南郡每見人不快，輒嗔云：『君得哀家梨，當復不烝食不？』」劉孝標注：「舊語：秣陵有哀仲家梨甚美，大如升，入口消繹。」後恆用以喻美好事物、秀麗山水、優美文辭等。桓南郡（三六九—四〇四）本名玄，字敬道。桓溫（三一二—三七三）之子。世說新語或稱桓公或稱義興或稱桓南郡。哀仲，漢時人，生卒年事略均待考。

十三、無愁天子

讖稱北齊①失國昏君高緯②。

北齊書幼主紀：「（後主高緯）乃益驕縱，盛為無愁之曲③，帝自彈琵琶而唱之，侍和之者以百數。人間謂之『無愁天子』。」清趙翼鄴城懷古詩之八：「無愁天子在深宮，高末④歌先舉國同。」

①北朝之一。公元五五〇—五七七年。高洋廢東魏，自稱帝，建國號齊，史稱北齊。都鄴（今河南安陽縣），據有今魯、豫、晉等三省及遼寧西部。後為北周所滅。

北齊　高氏

渤海獻武王（高祖神武帝）歡

├渤海文襄王（世宗文襄帝）澄

(一)顯祖文宣帝洋（550-559，10年）—(二)廢帝（濟南閔悼王）殷（560，1年）

(三)（肅宗）孝昭帝演（560-561，2年）

(四)世祖武成帝湛（561-565，5年）—(五)後主（周溫公）緯（565-577，14年）

安德王延宗（567，1年）　(六)幼主恆（577，1年）

②五五六—五七七年。字仁綱，渤海蓨（今河北景縣）人。湛長子，河清四年（五六五）即位，父湛以太上皇監國。此時，國力日見衰敗、朝臣離心離德。高湛崩，先後重用和士開、陸令萱、祖珽、趙彥深、高阿那肱、穆提婆等執掌朝政。為人懦弱、任官綦濫，賞賜無度、屢興殿寺工程、窮極工巧，賦斂日增、徭役日劇，人力既殫、帑藏益竭，武平七年（北周建德五年、五七六年、丙申）十月，周武帝（宇文邕）發兵十四萬五千人，以隋公楊堅等為右三軍，以丘崇等為左三軍，以齊王宇文憲為前軍，直指齊晉州（今山西臨汾）。齊守將崔景嵩告急，自旦至午，驛馬三至。時後主偕馮淑妃於天池（今山西寧武西南管涔山上）打獵，以為邊鄙局部交兵，乃常事，馮淑妃請更殺一圍（即再圍獵一次）後主從之。崔景嵩見無後援，遂請降，周師進入晉州，俘海昌王尉相貴並甲士八千人。十一月，後主率援軍至平陽（今山西臨汾西南），周師為避其鋒，將主力撤出晉州，留兵一萬，命梁士彥堅守。齊軍進之，周武帝遣宇文憲等與戰，斬齊驍將賀蘭豹子等，齊師乃退。周武帝于玉璧

（今山西萬榮），集結各路人馬八萬餘眾，援晉州。是時，齊師晝夜攻之，梁士彥激勵將士用命，以一當百，擊潰齊師。十二月，周武帝逼城置陣，東西二十餘里。未幾，周發動襲擊，齊後主與馮淑妃懼而北走，朝高梁橋（今山西臨汾北）奔，于是齊師大潰，死萬餘人，周軍乘勝進軍晉陽。後主兵敗至晉陽，改元隆化。齊并州（今晉北至東南一帶）將帥請安德王延宗為帝，改元德昌。旋為周軍所虜，盡削齊制，收禮文武之士。周軍既陷晉陽，齊後主退走鄴城（今河北磁縣），將領斛律孝卿請後主觀勞將士，整軍再戰，并代撰辭。求其宜慷慨流涕，以感動人心。後主臨眾，不復記所受言，遂大笑不止。將士怒道：「身尚如此，吾輩何急！」皆無戰心。五七七年、丁酉正月，八歲皇太子恆即位，改元承光。旋周軍陷鄴城，齊太上皇（即後主）率百騎奔青州（今山東益都），齊幼主遣人持璽紱至瀛州（今河北高陽、河間一帶），禪位於任城王高湝，尊太上皇為無上皇，幼主自稱守國天王。周軍追至青州南鄧村，俘齊太上皇及幼主等人。二月，瀛州陷，任城王高湝受俘。齊范陽王高紹義兵敗，奔突厥。齊亡。初，北周封齊後主為溫國公，旋賜死。

③無愁，古樂府雜曲歌名。傳為齊後主所作，至唐天寶年間，改名長歡。隋書音樂志中：「（北齊）後主亦自能度曲，親執樂器，悅玩無倦，倚絃而歌，別採新聲，為無愁曲……樂往哀來，竟以亡國。」唐李商隱李義山詩集卷二下有無愁果有愁曲北齊歌一首。

④北齊武成帝高湛在位時，遊童戲者，好以雙手持繩，拂地而卻上，跳且唱曰：「高末。」人附會乃高齊將亡之兆。餘詳北史齊紀下。

十四、期期艾艾

期期，口吃結巴貌。史記張丞相列傳：「（周昌）為人口給，又盛怒，曰：『臣口不能言，然上期期知其不可。陛下雖欲廢太子，臣期期不奉詔。』上欣然而笑。」張守節正義：「昌以口吃，每語故重言期期也。」漢書周昌傳：「昌為人吃，又盛怒。曰：『臣口不能言然臣期期知其不可。陛下欲廢太子，臣期期不奉詔。』」顏師古注：以口給故，每重言期期。」明劉元卿（？—？，萬曆間猶在世）賢奕編應諧：「其妹期期曰：『姊而裳火矣。』姊目攝妹亦期期言曰：『父屬汝勿言，胡又言耶！』」清和邦額（？—？）夜譚隨錄章佖：「章再三期期之，猶訛兩字。」期期，亦用以形容真摯懇切。元劉壎（一二四〇—一三一九）隱居通議詩歌一：「桂舟公古學古貌，與世少可，居常以寢陋期期自限。」清姚鼐懷朱竹君詩：「世態期期求復古，酒杯浩浩欲登仙。」近人周樹人（魯迅本名）集外集拾遺補編關于粗人：「陳先生又改為『粗疏的美人』，則期期以為不通之至，因為這位太太是並不『粗疏』的。」五月廿八日年代電視臺「笑傲天下」節目，李敖說：「馬宋謂『期期以為不可』不懂典故」云云，實有待斟酌。李「大師」從心所欲之齡，仍頻頻作「驚人之語」，亦時代笑話也。

艾艾，恆用以謔稱口給言訥。世說新語言語：「鄧艾口喫，語稱艾艾。晉文王戲之曰：『卿云艾艾，定是幾艾？』對曰：『鳳兮鳳兮，故是一鳳。』」

後人因以「期期艾艾」形容口給結巴。明王世貞（一五二六—一五九〇）藝苑卮言卷五：「祝希哲如吃人氣迫，期期艾艾；又如拙工製錦，絲理多恨。」書言故事殘疾類期期艾艾：「口訥曰期期艾艾。」

十五、無何有之鄉

意謂空無所有的地方。省作「無何有鄉」、「無何有」、「無何鄉」。又，「無何境」同無何鄉。

莊子逍遙遊：「今子有大樹，患其无用，何不樹之於無何有之鄉，廣莫之野。」唐成玄英（？—？，永徽間人）疏：「無何有，猶無有也。莫，無也。謂寬曠無人之處，不問何物，悉皆無有，故曰無何有之鄉也。」无，「無」字別體。今易「無」均作「无」。北宋蘇軾欒全先生文集敘：「公今年八十一，杜門卻掃，終日危坐，將與造物者游於無何有之鄉。」明何景明（一四八三—一五二一）贈蕭文彧號古峰序：「凌太虛，入廣漠，而求無何有之鄉，奚俟吾言？」近人郁達夫文學上的階級鬥爭：「古今來這些藝術家所以要建設這無何有之鄉，追尋那夢裏的青花的原因，究竟在什麼地方？」郭沫若（一八九二—一九七八）讀梁任公墨子新社會之組織法：「我們小小一點沉悶會被蕩到無何有之鄉去了。」

唐盧僎（？—？開元間人）奉和李令扈從溫泉宮賜遊韋侍郎別業：「鄉入無何有，時還上古初。」北宋蘇軾和擬古之一：「問我何處來，我來無何有。」

唐岑參（七一五?—七七〇）林臥詩：「惟愛隱几時，獨遊無何鄉。」竇參（七三四—七九三）登潛山觀詩：「既入無何鄉，轉嫌人事難。」北宋蘇舜欽（一〇〇八—一〇四八）依韻和勝之暑飲：「逕趨無何鄉，回覺萬事錯。」元吳澄（一二四九—一三三三）次韻玉清避暑：「相邀采真無何境，嗒然熟視誰長雄。」王惲（一二二七—一三〇四）平湖樂乙亥三月七日宴湖上賦曲：「春服初成靚糚瑩，玉雙瓶，興來徑入無何境。」盧摯（一二四二?—一三一四?）蟾宮曲丹桂曲：「縱覽巖阿，撫節高歌，時到無何境。」

十六、援黿失龜

比喻得不償失。淮南子說山訓：…；「殺戎馬①而求狐狸，援兩黿而失靈龜，斷右臂而爭一毛，折鏌邪②而爭錐刀③，用智如此，豈足高乎？」得不償失，所獲取者抵不了所丟掉的④。原作「得不補失」或「得不酬失」。三國志吳志陸遜傳：「（孫）權遂征夷洲⑤，得不補失。」後漢書西羌傳論：「故得不酬失，功不半勞。」北宋蘇軾和子由除日見寄詩：「感時嗟事變，所得不償失。」清徐樹丕（?—?，崇禎末、康熙中人。）識小錄卷一孫過庭：「昔人謂看孫過庭書譜，如食多骨魚，得不償失，以草書難讀故也。」

①軍馬；戰馬。老子：「天下無道，戎馬生於郊。」漢書刑法志：「戎馬四萬匹，兵車萬乘。」又，胡地產馬，故稱其所出之馬曰戎馬。西漢司馬遷（前一四五—前八六？）報任少卿書：「且李陵提步卒不滿五千，深踐戎馬之地。」按：戎馬之地，胡地也。

②本作「莫邪」、「莫耶」（史記賈誼傳弔屈原賦、吳越春秋闔閭內傳），亦作「莫鎁」（莊子桑庚楚）。寶劍名。

③小刀。荀子議兵：「故以詐遇詐，猶有巧拙焉；以詐遇齊，辟之猶以錐刀墮太山也。」

④論語陽貨：「既得之，患失之。」

⑤臺灣古稱夷洲；「洲」間亦作「州」。三國志吳志吳主傳：「（黃龍）二年春正月，……遣將軍衛溫、諸葛直將甲士萬人，浮海求夷洲及亶洲。」後漢書東夷傳：「所在絕遠，不可往來。」注引沈瑩海水土志：「夷洲在臨海東南，去郡二千里，土地無霜雪，草木不死，四面是山谿，……土地饒沃，既生五穀，又多魚肉。」按：三國志成書在先，後漢書撰就於後，茲依該二書見世序徵引之，附誌如上。

十七、楊玉環喜啖荔枝

世傳楊玉環自小喜啖荔枝。新唐書后妃列傳上：「（楊）妃嗜荔支，必欲生致之，乃置騎傳送，走數千里，味未變已至京師。」唐國史補卷上：「楊貴妃生於蜀，好食荔枝；南海所生尤勝蜀者。故每歲飛馳以進，然方熟而熟，經宿則敗，後人皆不知之。」廣志載：「荔枝樹高五六丈，大如桂樹。綠葉蓬蓬，冬夏榮茂，青華朱實，大如雞子①，核黃墨似熟蓮子，實白如脂，甘而多汁似安石榴。」清趙翼陔餘叢考卷二〇貢荔枝不始于楊貴妃：「唐書：楊貴妃好荔枝，南海歲貢荔枝，飛馳以進。然方暑而熟，經宿輒敗。此貢荔枝故事也。按後漢書和帝紀：舊南海獻龍眼、荔枝，十里一置，五里一候，死者繼路。因臨武長唐羌上書言狀，乃詔罷之。則貢荔枝不自唐始矣。」

楊貴妃（七一九—七五六）小名玉環，一號太真。隋梁郡通守②楊汪四世女孫，徙居蒲州，遂為永樂（今山西永濟東）人。父玄琰，曾任蜀州司戶，妃生於蜀。早孤，養於叔父河南府士曹玄璬。曉音律、善歌舞。開元廿三年（七三五）冊封為壽王妃。天寶四載（七四五）為貴妃，改冊韋氏為壽王妃。（清齊召南歷代帝王年表）。巴蜀自古號稱天府之國，物產豐饒，亦盛產荔枝。廣志所謂「荔枝樹高五六丈」，顯係將龍眼樹、荔枝樹等混為一談。蓋後者平均高度約僅六尺許耳。

按趙甌北所稱唐書，宜訂正為唐史。渠所引文字係歸納新唐書后妃列傳與唐國史補卷上有關楊妃之記載也。又，舊唐書並無楊妃喜啖荔枝等資料。

後漢書和帝紀：「……舊南海獻龍眼、荔支，十里一置，五里一候，奔騰阻險，死者繼路。時臨武長汝南唐羌，縣接南海，乃上書陳狀。帝下詔曰：『遠國珍羞，本以薦奉宗廟。苟有傷害，豈愛民之本。其勑太官勿復受獻。』由是遂省焉。」顏師古注引交州記云：「龍眼樹高五六丈，似荔支而小。」復引廣州記曰：「子似荔支而員，七月熟。荔支樹高五六丈，大如桂樹，實如雞子，甘而多汁，似安石榴。……」前引廣志之說，源於上述二記也。

①雞蛋。

②隋開皇間始置，為郡守、太守等之佐貳。京兆通守稱內史；清時，通守改稱通判。（隋書百官志、清史稿職官志。）

十八、楚弓楚得

亦作「楚得楚弓」。

公孫龍子跡府：「龍聞楚王張繁弱之弓，載忘歸之矢，以射蛟、兕於靈夢之圃，而喪其弓。左右請求之，王曰：『止。楚王遺弓，楚人得之，又何求乎？』」孔子家語好生、孔叢子公孫龍、說苑至公皆載此事。後人恒以楚弓楚得或楚得楚弓喻雖有所失而利未外溢也。明蘇復（？—？）金印記金釵典賣：「喜楚得楚弓，免被傍人笑。」

十九、稗沙門

稱破戒無行的僧人。大寶積經：「譬如麥田，中有稗麥，其形似麥，不可分別。爾時田夫，作如是念，謂此稗麥，盡是好麥，後見穟生，爾乃知非。如是沙門，在於眾中，似是持戒有德行者，施主見時，謂盡是沙門，而彼癡人，實非沙門，是名稗沙門。」南宋洪邁容齋隨筆稗沙門：「寶積經說僧之無行者曰：『譬如麥田，中生稗麥，其形似麥，不可分別。爾時田夫，作如是念，謂此稗麥，盡是好麥，後見穟生，爾乃知非。如是沙門，在於眾中，似是持戒有德行者。施主見時，謂盡是沙門，而彼癡人，實非沙門，是名稗沙門。』」洪所稱寶積經，即大寶積經；原經文「中『有』稗麥」，渠作「中『生』稗麥」。

二十、楚材晉用

語出左傳。襄公廿六年：「聲子通使於晉，還如楚。令尹子木與之語，問晉故焉，且曰：『晉大夫與楚孰賢？』對曰：『晉卿不如楚，其大夫則賢，皆卿材也。如杞梓、皮革，自楚往也。雖楚有材，晉實用之。』」後因以指借重他國人才或本國人才外流為他國重用，皆稱為「楚材晉用」。周書儒林傳沈重：「建德末，重自以入朝既久，且年過時制，表請還梁。高祖優詔答之曰：『……不忘戀本，深足嘉尚，而楚材晉用，豈無先哲。』」清錢謙益光祿大夫鐵山王公墓志銘：「楚材晉用，國士所以長嗟；秦智虞愚，賢哲為之永歎。」近人鄭觀應（一八四二—一九二二）盛世危言游歷：「果如此講求研練，十年以後，中國內外文武人才皆當輩出，決不致有乏才之患，亦何庸楚材晉用，僱募洋師。」

廿一、塞翁失馬

淮南子人閒訓：「夫禍福之轉而相生，其變難見也。近塞上之人，有善術者，馬無故亡而入胡，人皆弔之。其父曰：『此何遽不為福乎？』居數月，其馬將駿馬而歸，人皆賀之。其父曰：『此何遽不為禍乎？』家富良馬，其子好騎，墮而折其髀，人皆弔之。其父曰：『此何遽不為福乎？』居一年，胡人大入塞，丁壯者引弦而戰，近塞之人死者十九，此獨以跛之故，父子相保。故福之為禍，禍之為福，化不可極，深不可測也。」後人因以「塞翁失馬」喻禍福相倚，壞事變成好事。南宋曾慥類說卷一七引魏泰東軒筆錄失馬斷蛇：「曾布為三司使，論市易被黜，魯公有柬別之，曰：『塞翁失馬，今未足悲；楚相斷蛇，後必有福。』」陸游長安道詩：「士師分鹿真是夢，塞翁失馬猶為福。」明吳承恩（約一五〇〇—一五八二）贈郡伯養吾范公如京改秩章詞：「楚國亡猿，在事機叵測；塞翁失馬，占福澤之未來。」清趙翼述庵司寇新刻大集見貽詩：「塞翁失馬何足惜，先生奇遭在削籍。」

「塞翁之馬，焉知非福」、「塞翁之馬，安知非福」皆與「塞翁失馬」同義。通俗常言疏證禍福引病玉緣劇：「塞翁失馬，焉知非福，你眼前不信俺的話也罷，到了日後，纔覺得俺不是說笑話哩。」鏡花緣第七回：「處士有志未遂，甚為可惜，然塞翁失馬，安知非福？」近人魯迅吶喊阿Q正傳：「但真所謂『塞翁失馬安知非福』罷，阿Q不幸而贏了一回，他倒幾乎失敗了。」

清唐孫華閑居寫懷詩之六：「憂喜塞翁馬，得失楚人弓。」廿載繁華夢序一、：「若論禍福，塞翁之馬難知；語列死生，莊子之龜未卜。」郁達夫東梓關：「世事看來，原是塞翁之馬。」清李漁比目魚耳熱：「精神乏，安心要把驢兒跨，又誰知塞翁得馬。」

「得馬生災」，謂因福得禍。亦作「得馬折足」。另，「得馬失馬」，謂世事多變，得失無常。義近「塞翁馬」。以上三則，其典仍出自前引淮南子人間訓。唐元稹哭子詩之一：「維鵜受刺因吾過，得馬生災念爾冤。」北宋黃庭堅次韻奉送定公：「得馬折足禍，亡羊多歧悲。」又，夢中和觴字韻：「作雲作雨手翻覆，得馬失馬心清涼。」

「塞馬」另有一義，作「塞上之馬」解。北周庾信和趙王送峽中軍：「胡笳遙驚夜，塞馬暗嘶羣。」唐元稹塞馬詩：「塞馬倦江渚，今朝神彩生。」唐戴叔倫（七三二—七八九）贈韋評事儹詩：「是非園吏夢，憂喜塞翁心。」南宋陳鵠（？—？，開禧以後之人）耆舊續聞卷六：「（周益公）謝衣帶鞍馬表：『褐衣褐見，莫陳漢戍之便宜；馬去馬歸，敢計塞翁之倚伏。』」近人郁達夫已未出都口占：「塞翁得失原難定，貧士生涯總可憐。」塞翁，指忘身物外、樂天知命，不以得失為懷的人而言。

「塞馬」、「塞翁馬」、「塞翁之馬」、「塞翁得馬」，皆喻世事多變、得失無常，吉凶莫測。亦用以表示超然于得失禍福之外。唐杜牧贈李侍御詩：「冥鴻不下非無意，塞馬歸來是偶然。」北宋司馬光自嘲詩：「有心齊塞馬，無意羨川魚。」明許自昌（一五七八—一六二三）水滸記效款：「塞馬去無憑准，楚弓喪何須問。」清蒲松齡夜發維揚詩：「世事于今江渚，今朝神采生。」明馬鑾（？—？）雨中偕友人過度來親家小飲即事詩：「薄暮城烏息，頻年塞馬驕。」榮按：上引蒲松齡夜發維揚詩句，顯然抄襲自元稹塞馬詩。

卷八

一、塵垢粃糠

喻瑣屑無用之物。塵垢，灰塵污垢。粃糠，穀殼、米皮。粃，ㄅㄧˇ。莊子逍遙遊：「……是其塵垢粃糠，將猶陶鑄堯舜者也。」

二、塵飯塗羹

拿塵土作飯，以泥水為菜湯。喻以假當真或無足輕重的事物。韓非子外儲左上：「夫嬰兒相與戲也，以塵為飯，以塗為羹，以木為胾。然至日晚必歸饟者，塵飯塗羹，可以戲而不可食也。」

三、養兵千日，用在一朝

養兵，供養、訓練士兵。朝，ㄓㄠ。一朝，謂一時也。論語顏淵：「一朝之忿，忘其身，以及其親，非惑與？」

「養兵千日，用在一朝」，亦作「養兵千日，用在一時。」人生必讀卷下：「養軍千日，用在一朝。」水滸傳第六十一回：「盧俊義聽了大怒道：『養兵千日，用在一朝！我要你跟我去走一遭，你便有許多推故。』」官場現形記第廿八回：「夏十道：『國家養兵千日，用在一朝。別的不要講，這兩句話是人所共知的。』」近人孫錦標（一八五六—一九二七）通俗常言疏證養兵千日用兵一時：「元馬致遠漢宮秋劇：『養兵千日，用軍一時。』桃花扇劇二語同……今人多云養兵千日，用兵一時。」今人孫犁（一九一三—？）白洋淀紀事光榮：「這意思很明白：養兵千日，用兵一時；大敵壓境，你們不說打仗，反倒逃跑，好，留下槍枝，交給我們，看我們的吧。」梁金廣（一九三二—）艷陽天第一二二章：「養兵千日，用兵一時。這一回，該是咱們施展本領的時候！」

養兵，另有一義。指所供養與訓練之士兵。清惲敬（一七五七—一八一七）三代因革論六：「……是故，以民兵守其常，以養兵待其變。」

四、韶顏稚齒

謂年輕且容貌姣好。韶顏，容貌美好。南朝宋鮑照發後渚詩：「華志分馳年，韶顏慘驚節。」北宋周邦彥（一〇五六—一一二一）醜奴兒詞：「江南風味依然在，玉貌韶顏。」亦用以喻青春年少。明劉基（一三一一—一三七五）一剪梅詞：「浮世生涯一轉蓬，今日韶顏，明日衰翁。」清龔自珍鶯啼序詞：「為一種心情無奈，斷送韶顏，憔悴而今，勸君休舞。」稚齒，亦作「穉齒」、「稺齒」。年少；少年；兒童。列子楊朱：「穆之後庭，比房數十，皆擇稚齒婑媠者以盈之。」榮按：穆，公孫氏，鄭子產之弟。後漢書郎顗傳：「子奇稺齒，化阿有聲。」李賢注引說苑：「子奇，齊人，年十八為阿邑宰，出倉廩以賑貧乏，邑內大化。」北史隋紀下煬帝：「回面內向，各懷性命之圖；黃髮稚齒，咸興酷毒之歎。」唐元稹楊子華畫詩之二：「故人斷絃心，稚齒從禽樂。」北宋梅堯臣除夕與家人飲詩：「稺齒喜成人，白頭嗟更老。」近人王闓運（一八三三—一九六）鄧太夫人鍾氏墓志銘：「于時贈通奉府君諱友煊，方在穉齒，相有厚福。」唐蔣防（？—？約大曆開成間人）霍小玉傳：「我為女子，薄命如斯！君是丈夫，負心如此！韶顏稚齒，飲恨而終。」明瞿佑（一三〇一—一四二七）剪燈新話牡丹燈記：「生於月下視之，韶顏稚齒，真國色也。」亦有作「韶齒」。清蒲松齡聊齋志異花姑子：「芳容韶齒，殆類天仙。」

五、養兒防老，積穀防飢

又作「養兒防老，積穀防饑」、「養兒待老，積穀防饑」、「養兒代老，積穀防飢」。①意謂好好撫育子女，等到年耄體衰，無法從事生產的時候，才有人侍奉左右、供養無虞、安享晚年。豐年的時候，妥儲多餘的穀物；一旦歉收，才免得挨餓。

里語徵實卷下引宋左圭百川學海②：「婺源詹惠明乞代父償命，臨刑無懼色，曰：『養兒防老，積穀防飢。』太守曾天遊奏之，乃免死。」清顧張思（？—？）土風錄卷十三引上文，作「養兒防老，積穀防饑」。南宋劉克莊老志詩之一：「皆云養子將防老，豈若嬌嬰未識爺。」陳元靚（？—？開禧景定間人）事林廣記卷九、下、治家警悟亦作「養兒防老，積穀防饑」。明成化說唱詞話叢刊包龍圖斷曹國舅公案傳：「養兒防老從來有，積穀防飢自古聞。」古今雜劇佚名認金梳孤兒尋母：「兒也。可不道養子防老，積穀防飢，擡舉的你成人長大，剗的③說這等言語那！」警世通言宋小官團圓破氊笠：「自古道：『養兒待老，積穀防饑。』你我年過四旬，尚無子嗣。光陰似箭，眨眼頭白。百年之事，靠著何人？」平妖傳第十六回：「常言道：『養兒待老，積穀防饑』」。人生必讀卷下：「養兒待老，積穀防饑」。元本高明琵琶記牛小姐諫父：「（貼）爹爹，正是養兒代老，積穀防飢。」

①「待」、「代」，「饑」、「飢」，義本有別，迭經混用。五穀歉收曰饑；腹空難耐曰飢。

②圭，字禹錫，號古鄮山人，南宋咸寧間人。生卒年等待考，所輯百川學海為我國首部雕版叢書。民十（一九二二），近人陶湘（一八七一—一九四〇）曾斥資重刊於世。

③ㄔㄢˇ ˙ㄉㄧ。反而。

六、寢皮食肉

形容仇恨之深。語出左傳襄公二一年：「然二子①者譬于禽獸，臣食其肉而寢處其皮矣。」清洪昇（一六四五—一七〇四）長生殿罵賊：「縱將他寢皮食肉也恨難剷②。」勇立

（？—？道光、宣統間人）論排外不宜有形迹：「排以形迹者不然，其對外也，深閉固拒，視若仇讎，苟為力之所能及，雖寢皮食肉，亦若不以為過。」

「寢皮食肉」，亦借指行為、精神勇武而不可奪。金元好問射虎詩：「寢皮食肉男兒事，未分書生袖手閒。」

①殖綽、郭最。

②ㄔㄡˊ。恨難剷，猶言恨難消。

七、隨珠彈雀

一作「隋珠彈雀」。喻處事輕重失當，得不償失。莊子讓王：「今且有人於此，以隨侯之珠，彈千仞之雀，世必笑之。是何也？則其所用者重，而所要者輕也。」東晉葛洪抱朴子嘉遯：「道存則尊，德勝則貴；隋珠彈雀，知者不為。」明張居正與南臺長言中不干外政：「隋珠彈雀，羣虎捕羊，殊可笑也。」典形有「彈隨」、「千仞彈珠」、「彈雀」、「明珠彈飛鳥」、「彈鵲」、「珠抵鵲」、「隨珠彈雀」等，舉例於次：唐駱賓王（六二七？—六八四？）在江南贈宋五之問詩：「彈隨空破笑，獻楚自多傷。」又，久戍城有懷京邑詩：「九微光賁玉，千仞忽彈珠。」北宋黃庭堅被褐懷珠玉詩：「彈雀輕千仞，連城買一雙。」南宋陸游和陳魯山之六：「捐身易富貴，明珠彈飛鳥。」清王夫之示從遊諸子詩：「諸君懷玉空彈鵲，老漢直鉤盡釣魚。」黃遵憲九姓漁船曲：「張羅得鳥雖有緣，將珠抵鵲寧非誤？」秋瑾雜詠詩：「隨珠彈雀總辛酸，蜮箭伺人感百端。」

八、彈空說嘴

猶云說空話、唱高調。空，ㄎㄨㄥ。

警世通言莊子休鼓盆成大道：「莫要彈空說嘴。假如不幸我莊周死後，你這般如花似玉的年紀，誰道捱得過三年五載？」

九、餘勇可賈

賈，賣也。言己勇有餘，欲賣之。

左傳成公二年：「齊高固①入晉師，桀石以投人②，禽之而乘其車③，繫桑本焉，以徇齊壘④。曰：『欲勇者賈餘勇也。』」隋書宇文慶傳：「後從武帝⑤攻河陰⑥，先登攀堞⑦，與賊短兵接戰。……帝勞之曰：『卿之餘勇可以賈人也。』」後因以「餘勇可賈」謂尚有未用盡之勇力可使之也。唐成伯璵（？—？，開元間人）毛詩指說文體：「後來英彥，各擅文章，致遠直尚於輕浮，鈎深曲歸於美麗。蓋餘勇可賈，逸氣難收。」近人梁啟超過渡時代論：「其在過渡以後，達于彼岸，躊躇滿志，其有餘勇可賈與否，亦難料也。」

①春秋齊大夫。上卿高傒後裔。事惠公、頃公。齊惠公五年（公元前六〇四），力陳強留魯宣公，並迫其與叔姬（惠公女）成婚。頃公十年（前五八九），晉、魯、衛聯軍攻齊，戰於靡笄（今山東濟南近郊），固獨自深入晉師，以石擊敵，奪得晉戰車而歸。

②舉起石頭，扔擲敵人。桀，舉起。通「揭」。

③擄獲敵戰車，且搭乘而還。擒，古籍作「禽」。

④手執桑條，不停地敲打車皮，迅速地返回齊營。

⑤北周武帝宇文邕（五六一—五七八，在位）。

⑥今河南省廣武縣境。

⑦ㄉㄧㄝˊ。城垣如齒狀之矮牆，亦稱「俾倪」。

十、蝦兵蟹將

神話中龍王的兵將，恆用以喻敵人的爪牙、嘍囉①。四遊記②洞賓二敗太子：「（太子）即令蝦兵蟹將十員，一齊上岸，來擒洞賓③。」清李漁蜃中樓訓女：「到海濱上面操演蝦兵蟹將去了。」

①ㄌㄡˊ ㄌㄨㄛˊ。猶云部眾。水滸傳第二回：「如今近日上面添了一夥強人，扎下一個山寨，在上面聚集著五七百個小嘍囉，有百十匹好馬。」

②元明間傳奇平話小說，作者不詳。包括東遊記傳、西遊記傳、南遊記、北遊記，故合稱四遊記。

③傳說中人物。相傳為唐京兆人，姓呂名巖（一作嵒）。咸通間及第，兩調縣令。後修道於終南山，不知所終。（詳南宋吳曾能改齋漫錄卷一八）。元明以來稱為八仙之一，道家正陽派號為純陽祖師，俗稱呂祖。

十二、膠柱調瑟

調，ㄊㄧㄠˊ。「膠柱調瑟」與「膠柱鼓瑟」義同；惟出處不同。前者語出文子，後者語出史記。文子道德：「執一世之法籍，以非傳代之俗，譬猶膠柱調瑟。」西漢桓寬（？—？昭、宣間人）監鐵論相刺：「堅據古文以應當世，猶辰參①之錯②，膠柱而調瑟，固而難合矣。」唐劉知幾史通斷限：「舉一反三，豈其若是，膠柱調瑟，不亦謬歟？」

①指心宿與參宿。此二星宿恆彼出此沒，永不相逢。

②猶云不合。

附：膠柱

膠，黏、黏合。柱，指瑟面弦柱。本義謂瑟面弦柱，經黏合、固定，以致無從調音也。恆用以比喻固執拘泥，不知變通。三國魏邯鄲淳（？—？約卒於黃初元年）笑林：「齊人就趙人學瑟，因之先調，膠柱而歸，三年不成一曲。」唐李紳（七七二—八四六年）拜三川守詩：「改張琴瑟移膠柱，止息笙簧辨魯魚①。」明張居正答薊鎮巡撫劉百川書：「薊永事勢，與他鎮不同，若俟賊已見形，而後調兵支糧，則無及矣。事有權宜、不宜膠柱，惟公裁之。」近人王毓岱（？—？籍里亦不詳）乙卯自述一百四十韻：「輟耕投筆日，膠柱刻舟②嗤。」

①暫停吹笙，以區分對錯。止息，停止。歇止。笙簧，笙。魯魚，猶云對錯。

②喻拘泥成法，不講求實際，詳呂氏春秋察今。

十二、膠柱鼓瑟

鼓瑟前，將弦柱予以黏合、固定，自無從調音。亦用以喻固執拘泥，不知變通。史記廉頗藺相如列傳：「王以名使括①，若膠柱而鼓瑟耳。括徒能讀其父書傳，不知合變也。」南宋李綱（一〇八三—一一四〇）桂州答吳元中書：「故在靖康之初，有備則當守，靖康之末，無備則當避，豈可膠柱而鼓瑟耶？」警世通言王安石三難蘇學士：「荊公②膠柱鼓瑟，三峽相連，一般樣水，何必定要中峽。」紅樓夢第五一回：「這寶姐姐③也忒膠柱鼓瑟，矯揉造作了。」

①趙括（？—前二六〇）戰國趙將。馬服君趙奢之子，亦稱馬服子。好空談其父所傳兵法，

並無實戰經驗。趙孝成王六年（公元前二六〇年），趙中秦反間計，用渠取代老將廉頗，於長平（今山西高平西北）大舉出擊，為秦將白起包圍，突圍未成，遭射死。趙卒四十餘萬均為秦軍所俘且坑死。

②王安石（一〇二一—一〇八六）元豐中封荊國公，世稱荊公。

③薛寶釵

十三、廢寢忘食

顧不得睡眠休息，不記得吃飯果腹。形容專心致志。語出三國志蜀志許靖傳：「……靖與曾公書曰：『世路戎夷，禍亂遂合，……懼卒顛仆，永為亡虜，憂瘁慘慘，忘寢與食。……』北齊顏之推（約五二〇—約五九〇）顏氏家訓勉學：「元帝在江荊間，復所愛習，召置學生，親為教授，廢寢忘食，以夜繼朝。」元無名氏翫江亭第二折：「你與他每日不曾離，直這般廢寢忘食。」明史楊守陳傳：「……以臣所以朝夕憂思，至或廢寢忘食者也。」

「廢寢忘食」，亦作「忘寢廢食」、「忘餐廢寢」。北宋司馬光遠謀：「臣竊見國家每邊境有急，羽書相銜，或一方飢饉，餓殍盈野，則廟堂之上，焦心勞思，忘寢廢食以憂之。」劉跂（？—？；元豐二年進士）趙氏金石錄新：「好古之志忘寢廢食而求，常恨不廣爾，豈專心為玩哉！」元朱庭玉（？—？）行香子癡迷套曲：「飢不忺進飲食，臥不能安牀枕，豈止道忘餐廢寢。」聊齋志異賭符：「忘餐廢寢，則久入成迷；舌敝唇焦，則相看似鬼。」

「忘餐」，亦作「忘飡」。指不記得進食。恆形容心神專注於某一事。三國魏曹植美女篇：「行徒用息駕，休者以忘餐。」宋書志序：「每含毫握簡，杼軸忘飡。」

寢食，本義謂睡覺與吃飯。亦恆用以泛指日常生活。語出列子天瑞：「杞國有人憂天地崩墜，身亡所寄，廢寢食者。」以上所引，亦為成語「杞人憂天」之源。

「寢食不安」，謂睡眠、進食，皆不安寧。形容心煩意亂。敦煌變文集葉淨能詩：「皇帝自此之後，日夜思慕，寢食不安。」警世恆言杜十娘怒沉百寶箱：「兄飄零歲餘，嚴親懷怒，閨閣離心，設身以處兄之地，誠寢食不安之時也。」

「寢不安席」，描述睡覺時不能安於枕席。形容心事重重。戰國策齊策五：「秦王恐之，寢不安席，食不甘味。」東漢荀悅（一四九—二〇九）漢紀高祖紀一：「國兵新破，王寢不安席。」南宋葉紹翁（一一九四？—？）四朝聞見錄張史和戰異議：「……此臣所以食不甘味，而寢不安席也。」三國演義第九七回：「臣受命之日，寢不安席，食不甘味；思惟北征，宜先入南。」

「寢不聊寐」，謂睡不著覺。亦形容心事重重。西漢賈誼（前二〇〇—前一六八）新書匈奴：「夫或人且安得久悍若此！故三表已諭，五餌既明，則匈奴之中乖而相疑矣，使單于寢不聊寐，食不甘口，揮劍挾弓，而蹲穹廬之隅，左視右視，以為盡仇也。」

「寢不聊寐」，一作「寢不成寐」。三國演義第三五回：「玄德飲膳畢，即宿於草堂之側。玄德因思水鏡之言，寢不成寐。」

「寢關曝纊」，指人睡於關隘之上；蠶繭曬於日光之下。喻不得安寧。淮南子繆稱訓：「小人在上位，如寢關曝纊，不得須臾寧。」高誘注：「寢，謂臥關上之不安。纊，繭也；曝繭，蛹動搖不休，死乃止也。」

「寢苫枕塊」、「寢苫枕土」、「寢苫枕凷」、「寢苫枕草」①，義同，省作「寢苫」。意謂鋪草苫、枕土塊。古，居父母喪之禮。儀禮既夕禮：「居倚廬，寢苫枕塊。賈公彥疏：「孝子寢臥之時，寢於苫以塊枕頭。必寢苫者，哀親之在草；枕塊者，哀親之在土。」清李慈銘（一八三〇—一八九四）越縵堂讀書記晉書：「高宗諒闇者，除服而不言，故不云服喪三年，而云諒闇三年，明不復寢苫枕土，以荒大政也。」禮記喪服大記：「父母喪，居倚廬，寢苫枕凷。」墨子節葬下：「處喪之法將奈何哉？曰：哭泣不秩聲翁，縗絰垂涕，處倚廬，寢苫枕凷。」左傳襄公十七年：「齊晏桓子卒，晏嬰麤縗斬，苴絰、帶、杖、食鬻，居倚廬，寢苫枕草。」

「寢苫枕干」、「寢苫枕戈」，義同。古時，父母遭人殺害，子女臥草枕（干）盾，以表示時到不忘報仇。禮記檀弓上：「子夏問於孔子曰：『居父母之仇如之何？』孔子曰：『寢苫枕干不仕，弗與共天下也。』」明劉基春秋明經考仲子之宮築王姬之館于外：「以大義言之，則公（按指魯莊公②）也方當寢苫枕戈之時，而與仇人主婚姻之禮，不亦悖乎！」

①睡草薦，以草把為枕。詳左傳襄公十七年。

②周莊王三年（公元前六九四年），魯桓公（姬允）與夫人文姜（齊襄公女弟）在齊。文姜與兄私通，桓公責文姜，文姜以告齊侯。齊侯命力士公子彭生刺魯桓公，不治。魯遣使責齊。襄公歸罪于彭生，殺以謝魯。魯世子姬同繼立，是為（魯）莊公。

卷九

一、興如嚼蠟

興，ㄒㄧㄥˋ。興緻。猶言情趣。嚼蠟，喻無味。楞嚴經八：「我無欲心，應謂毫無情趣可言」。明康海（一四七五—一五四〇）粉蝶兒秋日閒情套曲：「半百年華，髩如絲，興如嚼蠟。」

二、興兵動眾

興兵，謂起兵。源出戰國策東周策：「顏率至齊，謂齊王曰：『夫秦之為無道也，欲興兵臨周而求九鼎。』」漢書王莽傳上：「興兵動眾，欲危宗廟。」近人葉聖陶（一八九四—一九八八）鄰居：「萬一傷了人家一個指頭，弄得興兵動眾，你就是十惡不赦的罪魁禍首！」

意同「興師動眾」。

三、興師動眾

興師，舉兵。起兵。詞出詩秦風無衣：「王于興師，脩我戈矛，與子同仇。」

興師動眾有二義：

一、謂為進行戰爭而動員人民庶眾。吳子勵士：「夫發號布令而人樂聞，興師動眾而人樂戰，交兵接刃而人樂死，此三者人主之所恃也。」漢書翟方進傳：「反虜故東郡太守翟義擅興師動眾。」北宋司馬光論西夏箚子：「識者或曰：『先帝興師動眾，所費億萬，僅得數寨，今復無故棄之，此中國之恥也。』」

二、用以形容為做某一件事而動員許許多多的人。如：紅樓夢第四十七回：「今兒偶然吃了一次虧，媽媽就這樣興師動眾。」

四、興高采烈

一作「興高彩烈」。

語出南朝梁劉勰（四六六？—五三七？）文心雕龍體性：「叔夜儁俠，故興高采烈。」後多用以形容興緻高昂、情緒旺盛。近人魯迅准風月談華德焚書異同論：「這裏的黃臉乾兒們，也聽得興高彩烈。」曹禺（一九一〇—一九九六）日出第二幕：「他總是興高采烈地笑。」

五、燃松讀書

南史顧歡傳：「顧歡字景怡，一字玄平①，吳郡鹽官②人也。家世寒賤，父祖並為農夫，歡獨好學。年六七歲。知推六甲③。家貧，父使田中驅雀，歡作黃雀賦而歸，雀食稻過半，父怒撻之，見賦乃止。鄉中有學舍，歡貧無以受業，於舍壁後倚聽，無遺忘者。夕則然松節④讀書，或然糠⑤自照。及長，篤志不倦。」

①一作「元平」。

②今浙江省海寧縣西南。

③用天干、地支相配以計算時日，其中有甲子、甲戌、甲申、甲午、甲辰、甲寅，合謂六甲。

④燃，本字作「然」。燔燒松樹的節心。按該部位富油脂也。

⑤糠，ㄎㄤ。本作「穅」。穀皮。

六、燃荻夜讀

北齊顏之推①顏氏家訓勉學：「梁世彭城②劉綺，交州③刺史勃之孫，早孤家貧，燈燭難辦，常買荻④尺寸折之⑤，然⑥明夜讀，……卒成學士，……。」

①其生卒年一說五三一—五九一，一說五三三—五九一。

②在今江蘇省徐州。

③在今北越。治所龍編位於河內東天德江北岸。

④多年生草木，可供織蓆等用。
⑤一尺一寸地截斷。
⑥「燃」本字，餘參燃松讀書。

七、燕雀安知鴻鵠志

用現代漢語來說：「庸俗、短視，淺薄不堪的人，怎麼會理解志向遠大者的抱負呢！」燕雀，用以隱指庸俗淺薄之徒。北宋文瑩（？—？與蘇舜欽同時人。）玉壺清話卷七：「（開寶九年）①上遣太宗與俶②敘齒為昆仲。俶循走，叩頭泣謝曰：『臣燕雀微物，與鸞鳳③序翼，是驅臣於速死之地也。』」鴻鵠，即鵠。俗稱天鵝。鴻鵠志，喻遠大之志向。呂氏春秋士容：「夫驥驁④之氣，鴻鵠之志，有諭乎人心者誠也。」

「燕雀……」全句，出自史記陳涉世家：「陳涉少時，嘗與人傭耕，輟耕之壟上，悵恨久之，曰：『苟富貴，毋相忘。』庸者笑而應曰：『若為傭耕，何富貴也？』陳涉太息曰：『嗟乎，燕雀安知鴻鵠之志哉？』」又，三國演義第四回：「操曰：『燕雀安知鴻鵠志哉？汝既拏住我，便當解去請賞，何必多問！』」⑤

①北宋太祖第三個年號曰開寶。開寶九年，公元九七六年。
②錢俶（九二九—九八八）。字文德，初名弘俶。杭州臨安人。吳越文穆王錢元瓘之第九子。

在位卅年，保土安民，善事中朝，兩浙得以安定。後周顯德間、宋太祖開寶末，數度發兵助攻南唐。開寶九年，入宋朝覲。太平興國三年（九七八）納土歸宋，改封漢南國王。四年，出為武勝軍節度使，改封南陽國王，又改許王。端拱元年（九八八）改封鄧王，旋暴卒，年六十。諡忠懿。俶性儉素，善草書，喜吟咏。有政本集十卷，惜已佚。全唐詩存詩一首、殘詞二首。全唐詩補編、續補遺尚補詩十四首又二句，全唐文、唐文拾遺計收文六篇。吳越備史等尚存逸文多篇。新、舊五代史、宋史均有傳。

③指北宋太宗趙炅（九三九—九九七）。太祖趙匡胤之弟，原名匡義，改名光義，即位後又改名炅。太祖崩，以晉王繼位。

④ㄐㄧˋ ㄠˊ。指千里馬。呂氏春秋察今：「良劍期乎斷，不期乎鏌鋣；良馬期乎千里，不期乎驥驁。」高誘注：「驁，千里馬名也。王者乘之游驁，因曰驥驁也。」

⑤曹操謀刺董卓未成，急遁，路經中牟，為守關軍士所獲，擒見縣令。是夜，渠應答縣令陳宮（字公臺）之語。

八、優人滑稽

咸通①中，優人②李可及滑稽諧戲③，獨出輩流，雖不得括諷諭④，然巧智敏捷，亦不可多得。嘗因延慶節⑤，緇黃講論⑥畢，次及優倡⑦為戲。可及褒衣博帶⑧，攝齊⑨以升坐，稱三教論衡。偶坐⑩者問曰：「既言博通三教，釋迦如來⑪是何人？」對曰：「婦人。」問者驚曰：「何也？」曰：「金剛經云：『敷坐而坐』⑫。非婦人，何煩夫坐而後兒坐⑬也？」上為之啟齒。又曰：「太上老君何人？」曰：「亦婦人也。」問者益所不喻，乃曰：「道德經云：『吾有大患，為吾有身，及吾無身，吾有何患。』⑮倘非婦人，何患于有身乎？」上大悅。又問曰：「文宣王⑯何人也？」曰：「婦人也。」問者曰：「何以知之？」「論語曰：『沽之哉，待賈者也。』⑰向非婦人，奚待嫁⑱為。」上意極歡，賜予頗厚。（北宋高懌羣居解頤）

①唐懿宗（李漼）在位時，年號咸通，自公元八六〇至八七四年。

②古代以樂舞、戲謔為業的藝人。漢書張禹傳：「禹將崇入後堂飲食，婦女相對，優人筦弦鏗鏘極樂，昏夜乃罷。」

③戲謔取笑，圓轉自如。滑，ㄍㄨˇ。「滑稽」一詞，今閩南、臺灣方言恆用之。

④收結不夠委婉、周延。諷諭，亦作「諷喻」。

⑤隱指懿宗壽辰日；延慶，延續福祚。宋莊季裕（？—？，南北宋間人。）雞肋編卷下：（唐）武宗開成五年，以二月十五日玄元皇帝降生日為降聖節，……懿宗七月四日為延慶節。」

⑥僧、道講經論法。

⑦ㄧㄡ ㄔㄤ。古代表演歌舞雜戲的藝人。史記孔子世家：「優倡、侏儒為戲而前。」

⑧寬衣大帶。古儒生的服式。漢書雋不疑傳：「不疑冠進賢冠，帶櫑具劍，佩環玦，褒衣博帶，盛服至門上謁。」注：「褒，大裾也。言著褒大之衣、廣博之帶也。」褒，正體字作「襃」。

⑨古時著長袍，升堂時提起衣襬，以免跌倒，表示恭謹有禮。論語鄉黨：「攝齊升堂，鞠躬如也。」齊，衣下之縫。通「齋」。

⑩猶對坐。

⑪即釋迦牟尼，佛教教祖。

⑫金剛經海會因由分第一：「……還至本處，飯食訖、收衣鉢、洗足已，敷座而坐。」敷，排布。謂排布高座而坐。

⑬「夫」與「敷」音同；「兒」與「而」，音亦同。由是而有該笑謔之語。

⑭道教附會黃老，故尊奉老子為太上老君，亦稱混元皇帝太上老君。

⑮詳老子第十三章，道德經為老子一書之別稱。為吾有身意謂由有其身。古漢語「有身」亦謂有孕在身，今閩南、臺灣謂懷孕，仍曰「有身」。

⑯唐開元二十七年（七三九）追尊孔子為文宣王。

⑰子罕：「子貢曰：『有美玉於斯，……？』子曰：『沽之哉！沽之哉！我待賈者也。』」

⑱「賈」於上引處，應讀ㄍㄨˇ；惟該字亦讀ㄐㄧㄚˋ。「ㄐㄧㄚˋ」、「嫁」諧音。

九、濫竽

比喻沒有真才實學，冒充湊數，名不副實。亦用以表示自謙。韓非子內儲說上：「齊宣王使人吹竽，必三百人。南郭處士請為王吹竽，宣王說（悅）之，廩食以數百人。宣王死，湣王立，好一一聽之，處士逃。」南朝梁簡文帝（蕭綱。五〇三—五五一）答湘東王和受試詩書：「使夫懷鼠知慙，濫竽自恥。」明張景（?—?）飛丸記權門狼狽：「我是曳白菲才，濫竽入金街。」清陳康祺（一八四〇—?）郎潛紀聞卷八：「濫竽作吏，曠職懷慚。」

「濫吹」，與「濫竽」詞意相同。南朝齊王融（四六七—四九三）出家懷道篇頌詩：「竊服皐門上，濫吹淄軒下。」梁江淹（四四四—五〇五）雜體詩盧中郎諶：「更以畏友朋，濫吹乖名實。」唐元稹祭翰林白學士太夫人文：「愚亦乘喧濫吹，謬列莖英。」北宋王禹偁謫居感事詩：「叨榮偕計吏，濫吹謁春司。」

成語「濫竽充數」，喻不具真才實學，冒充有本領，混在行家當中苟存，或喻以次充好。亦用作謙詞。兒女英雄傳第三五回：「方今朝廷正在整飭文風，自然要清真雅正，一路拔取真才，若止靠著才氣，摭些陳言，便不好濫竽充數了。」

十、騎驢覓驢

比喻忘其本有而到處尋求。景德傳燈錄卷二一白龍院道希禪師①：「問：『如何是正真道？』師曰：『騎驢覓驢。』」又，卷二八神會大師②：「本無今有有何物，本有今無無何物，誦經不見有無義，真似騎驢更覓驢。」亦作「騎牛覓牛」。同前徵引書卷九福州大安禪師③：「師即造百丈④，禮而問曰：『學人欲求識佛，何者即是？』百丈曰：『大似騎牛覓牛。』」

①五代期間（九〇七—九六〇）高僧，生卒年待考。福建通志卷四六：「道希，福州人。住本州升山白龍院。問：『如何是西來意？』曰：『汝從何處來？』問：『如何是佛法大意？』希曰：『汝早禮三拜。』」

②即荷澤神會（六八四？—七五八？）。唐襄陽（今湖北襄陽）人。俗姓高。少習五經，並嗜老莊，覽後漢書和浮圖之說，遂留意釋教，絕意仕進。辭親出家，卦荊州當陽山玉泉寺師事神秀（北宗，六六一—七〇六）。秀入京後，往韶州曹溪師事六祖惠能（六三八—七一三）。開元八年（七二〇）勅配南陽（今河南南陽）龍興寺近十年，弘揚頓教法門，有南陽和尚之稱。

③長慶大安（七九三—八八三）。福州人。俗姓陳。髫齡於故鄉黃檗山出家，習律藏，及長行腳遊方。靈祐於潭州大為山（今湖南寧鄉）創寺弘法，大安前赴相佐，大中七年（八五三）靈祐圓寂，渠繼其法席。中和三年（八八三）示寂，壽九十一，謚圓智禪師，塔名證真。弟子中以大隨法真、靈雲志勤為最有名。

④百丈法正，亦作百丈惟政。俗姓、生卒年與籍里均不詳，晚唐人。誦涅槃經不懈，人稱涅槃和尚。參謁百丈懷海（七二〇—八一四）而得法，並助其師踐行百丈清規。懷海示寂後，眾僧一致擁其繼承法席。

十一、覆水難收

覆水，已倒出去的水。比喻事已成定局。北宋蘇軾祭柳子玉文：「會合之難，如次組繡，翻然失去，覆水何救？」近人洪楝園（?—一九一七後）警黃鐘議和：「臨事誤戎機，收覆水，悔偏遲。」

後漢書何進傳：「國家之事，亦何容易！覆水不可收，宜深思之。」後遂以「覆水難收」喻事成定局，不易挽回。唐李白妾薄命詩：「雨落不上天，覆水難再收；君情與妾意，各自東西流。」南宋張孝祥（一一三二—一一七〇）木蘭花慢詞：「念璧月長虧，玉簪中折，覆水難收。」明劉基采桑子詞：「人間無限傷心事，覆水難收。風葉颼颼，只是商量斷送秋。」清秦爨（?—?）四弦秋題詞：「覆水難收感舊遊，夢醒江上楚天秋。」

覆水難收又作「覆水不收」。西晉潘岳傷弱子辭：「落葉永離，覆水不收，赤子何辜，罪我之由？」

十二、蝦荒蟹亂

意謂蝦蟹成災，稻穀蕩盡。舊時傳為兵荒馬亂①（戰爭）或其他災荒之預兆也。南宋傅肱（？—？，會稽人）蟹譜兵證：「吳②俗有蝦荒蟹亂之語，蓋取其披堅執銳，歲或暴至，則鄉人用以為兵證也。」元高德基（？—？）平江紀事③：「大德丁未④，吳下⑤蟹厄如蝗，平田皆滿，稻穀蕩盡。吳諺有蝦荒蟹亂之說，正謂此也。」

①戰時動蕩不安之景象。明李唐賓（？—？；元末明初人）梧桐葉第四折：「不然，那兵荒馬亂，定然遭驅被擄。」清孔尚任桃花扇閒話：「正是兵荒馬亂，江路難行，大家作伴才好。」亦作「兵慌馬亂」。明陸華甫（？—？）雙鳳記第廿一折：「亂紛紛東逃西竄，鬧烘烘兵慌馬亂，一路奔回氣尚喘。」

②地名。東漢時，今江蘇省為吳郡地，後因別稱吳。

③高德基，平江人。生卒年、籍里均不詳。曾官建德路總管。所撰平江紀事多載吳郡古蹟、神怪、詼諧謠諺諸事。平江，今蘇州。元時稱平江路。

④大德十一年、公元一三〇七年。大德，元成宗第二個年號。成宗名鐵穆耳，忽必略之孫，繼世祖為帝。

⑤泛指吳地。餘參宋書隱逸傳戴顒。

十三、驕奢淫泆

語出左傳石碏諫寵州吁。隱公三年：「公子州吁，嬖人之子也。有寵而好兵，公弗禁，莊姜惡之。石碏諫曰：『臣聞愛子，教之以義方，弗納于邪。驕奢淫泆，所自邪也。四者之來，寵祿過也。……』」晉書賈充楊駿傳論：「楊駿階緣寵幸，遂荷棟梁之任，敬之猶恐弗逮，驕奢淫泆，庸可免乎？」宋史姦臣傳二蔡攸：「攸罪不減乃父，燕山之役，禍及宗社，驕奢淫泆，載籍所無。」泆，亦作「佚」。後漢書班彪傳：「……故成王一日即位，天下曠然太平。是以春秋『愛子教以義方，不納於邪。驕奢淫佚，所自邪也。』」太平廣記卷六三集仙傳驪山姥：「一名黃帝天機之書，非奇人不可妄傳。九竅四肢不具，慳貪愚痴，驕奢淫佚者，必不可使聞之。」朱子語類卷一〇九：「……故公卿之子孫，莫不驕奢淫佚，不得已而用草茅新進之士。」佚，亦作「逸」。舊唐書柳澤傳：「石碏曰：『臣聞愛子，教之以義方，不納於邪。驕奢淫逸，所自邪也。』」淫逸，一作「放逸」。北齊書段孝言傳：「孝言本以勳戚緒餘，致位通顯。至此，驕奢放逸，無所畏憚。」

驕奢淫逸，意謂倨傲自大、揮霍無度、放蕩無忌、沈湎安樂。另有同義詞，作「驕佚奢淫」。宣和遺事後集：「道君驕佚奢淫極，詎料金人來運糧。」按：道君者，隱指徽宗言也。政和七年丁酉四月（公元一一一七年），徽宗稱教主道君皇帝。

卷一〇

一、犬兔俱斃

喻雙方同歸于盡。語本戰國策齊策三：「齊欲伐魏，淳于髡①謂齊王曰：『韓子盧者，天下之疾犬也；東郭逡者，海內之狡兔也。韓子盧逐東郭逡，環山者三，騰山者五，兔極於前，犬廢於後，犬兔俱罷，各死其處。田父見之，無勞勸之苦而擅其功。』」新五代史四夷附錄一：「廢帝②怒曰：『德鈞父子握彊兵，求大鎮，苟能敗契丹而破太原，雖代予亦可。若翫寇要君，但恐犬兔俱斃。』」

①髡（ㄎㄨㄣ），戰國齊人。稷下學士。贅婿出身，長不滿七尺。博聞彊記，學無所主，滑稽多辯。餘詳史記滑稽列傳。

②後唐末帝李從珂，九三四—九三六在位。

③趙德鈞（？—九三七）。五代幽州（治今北京西南）人。本名行實。少事劉守文、守光兄弟，為幽州運校。後降李存勖，賜姓名李紹斌。後唐同光三年（九二五）任盧龍節度使，鎮幽州。明宗時復姓趙，賜名德鈞，封北平王。後納款于契丹，欲與石敬瑭爭為「兒皇帝」

不得，為契丹所執，愈年卒。

二、犬吠之盜

意謂穿窬之盜。穿壁翻牆曰穿窬（ㄩˊ）。論語陽貨：「色厲而內荏，譬諸小人，其猶穿窬之盜也與。」竊取財物之人曰盜。左傳僖公廿四年：「竊人之財，猶謂之盜。」老子：「不貴難得之貨，使民不為盜。」荀子脩身：「竊貨曰盜。」犬吠之盜即今漢語所謂小偷也。史記酷吏列傳：「盡十二月，郡中無聲，毋敢夜行，野無犬吠之盜。」

三、犬吠之警

比喻小驚擾。漢書匈奴傳贊：「是時，邊城晏閉，牛馬布野，三世無犬吠之警，𦬁①庶亡干戈之役。」明陳子龍②問古者天下凡郡縣兼城無不周裕今百里一治稱煩不理何故：「今晏然無犬吠之警，而上下數牽，即一旦事起，復遣數四輩乎？」

① ㄌㄧˊ。同「藜」。指黎民言。

② 明末清初之人。上引文撰於明亡前。

四、犬馬之決

昔謂臣僚決斷果敢。犬馬，指臣工言。漢書息夫躬傳：「其有犬馬之決者，仰藥而伏刃。」

五、犬馬之疾

謙稱己病。東漢張衡（七八—一三九）東京賦：「東京之懿未罄，值余有犬馬之疾，不能究其精詳。」北宋蘇軾謝除龍圖閣學士表之一：「屬聖神之覆運，荷識拔之非常，猶冀桑榆之收，遽迫犬馬之疾，力求閑散，庶免顛躋。」清姚鼐復汪進士輝祖書：「足下書來久矣，有犬馬之疾，今始閒，輒作記一首，寄請觀之。」

「犬馬病」，猶云犬馬之疾。南朝宋鮑照與伍侍郎別詩：「子無金石質，吾有犬馬病。」清蒲松齡聊齋志異葉生：「以犬馬病，勞夫子久待，萬慮不寧。」

六、犬馬之報

真誠報答他人之謙詞。水滸傳第十一回：「異日不死，當效犬馬之報。」

七、犬馬之勞

為主人（或他人）盡力之謙詞。水滸傳第五十八回：「廳上廳下一齊都道：『願效犬馬之勞，跟隨同去。』」三國演義第卅八回：「孔明見其意甚誠，乃曰『將軍既不相棄，願效犬馬之勞。』」

八、犬馬之養

語本論語為政：「子游問孝。子曰：『今之孝者，是謂能養。至於犬馬皆能有養；不敬，何以別乎？』」後人遂以「犬馬之養」為供養父母之謙詞。北宋王安石上相府書：「故輒上書闕下，願殯先人之丘冢，自託於筦庫，以終犬馬之養焉。」清袁枚隨園隨筆諸經：「疏稱：臣早失父母，犬馬之養，已無所施。」

九、杏林春滿

歌頌醫術精湛，使患者恢復生機，精神清爽如春意彌漫然。間亦有作「杏林春暖」，義同。

杏林，典出東晉葛洪神仙傳卷十：「董奉者字君異，侯官縣人也。……文，君異居山間，為人治病不取錢物，使人重病愈（癒）者，使栽杏五株、輕者一株。如此數年，計得十萬餘株，鬱然成林。……。」太平廣記卷十二董奉：「奉居山不種田，日為人治病，亦不取錢。重病愈（癒）者，使栽杏五株，輕者一株。如此數年，計得十萬餘株，鬱然成林。……」李昉自注：「出神仙傳。」春滿，春濃；春意彌漫。南朝梁何遜（四七二？—五一九？）七召宮室：「翫奇花之春滿，摘甘實於夏成。」唐張說奉酬韋祭酒詩：「春滿汀色媚，景斜嵐氣侵。」

附：杏林春燕、杏林得意

杏林春燕，指某一品種之菊。清富察敦崇（一八五五—？）燕京歲時記九花山子：「京師之菊種極繁，有陳秧、新秧、粗秧、細秧之別，如：蜜連環、銀紅針……杏林春燕。」

唐長安大雁塔（今西安市郊）南有杏園，恆為當時新科進士賜宴之所。賈島下第詩：「下第只空囊，如何住帝鄉。杏園啼百舌，誰醉在花傍？」五代王定保唐摭言慈恩寺題名遊賞賦詠雜記：「神龍已來，杏園宴後，皆於慈恩寺塔下題名。同年中推一善書者紀之。」北宋王禹偁初拜拾遺遊瓊林苑詩：「杏園鶯蝶如相識，應恠重來蒨綬香。」明陳汝元金蓮記捷報：「杏園料已題詩罷，望長安使人悲詫。」清葆光子（？—？）物妖志木類柳：「杏園一宴，桃李春官。」後人遂以「杏林得意」借指進士及第。清沈起鳳（一七四一—？）諧鐸搗鬼夫人：「君如杏林得意，妾當日夜侍巾櫛矣。」

十、音容宛在

九十五年二月某日，玄奘大學中文系教授沈謙瘁逝，教育部長杜正勝致贈輓額，以表哀悼，倩人代筆，將「音容宛在」寫成「音容苑在」；公祭當日，懸繫於靈堂正中，位置醒目，識者譁然。媒體研判有售點，連續數日，大肆炒作，遂成丙戌新春官場話題。

「音容宛在」，未悉自何時起，成為輓詞。榮按：音容意謂聲音容貌。南朝宋謝靈運（三八五—四三三）酬從弟惠連詩：「巖壑寓耳目，歡愛隔音容。」唐白居易長恨歌：「含情凝睇謝君王，一別音容兩渺茫！」①明劉基旅興詩之四四：「念我親與友，各在天一涯，音容兩契闊②，悲歡絕相知。」又，古人，於書信中，亦用之以指稱對方。例：元王實甫西廂記第五本第二折：「自音容去後，不覺許時，仰敬之心，未嘗少怠。」宛，ㄨㄢˇ。有多音、多義，其一作副詞用，猶彷彿。詩秦風蒹葭：「遡游從之，宛在水中央。」苑，ㄩㄢˋ。亦有多音、多義。其作副詞用，表性態。猶云積，讀作ㄩㄣˋ。詩小雅都人士：「我不見兮，我心苑結。」程俊英注：「苑結，即鬱結，心中憂鬱成結。」宛、苑、菀，形似，且皆可讀作ㄨㄢˇ。

三十餘年前，桃園市幫派械鬥，流氓某中彈殞命，議長簡欣哲竟輓以「痛失英才」。又，某年教師節，某縣表揚特殊優良教師，縣長某贈予匾額一方，題曰：「杏林增輝」。按：「杏林」一詞，多代指良醫言，典出董奉植杏成林③。而傳說仲尼杏壇設教，後世遂以「杏壇」隱稱教育界④。一字之差，有如天壤，當事者固不可不慎，捉刀者猶須字斟句酌，務求得體得宜；否則，貽笑大方，勢必屢見不鮮。

①長恨歌後段：「含情凝睇謝君王，一別音容兩渺茫！昭陽殿裏恩愛絕，蓬萊宮中日月長。回頭下望人寰處，不見長安見塵霧。惟將舊物表深情，鈿合金釵寄將去，釵留一股合一扇，釵擘黃金合分鈿；但教心似金鈿堅，天上人間會相見！臨別殷勤重寄詞，詞中有誓兩相知，七月七日長生殿，夜半無人私語時：『在天願作比翼鳥，在地願為連理枝。天長地久有時

盡，此恨緜緜無盡期！」

②多指離散言。詩邶風擊鼓：「死生契闊，與子成說。」西晉陸機吳王郎中時從梁陳作詩：「誰謂伏事淺，契闊踰三年。」

③三國吳董奉隱居匡山（今江西廬山；一說今安徽鳳陽縣杏山），為人治病不取分文；但使重病癒者植杏五株，輕者一株。積年癒人無數，得杏十餘萬株，蔚然成林。以奉於此修煉成仙，因稱「董仙杏林」。（太平廣記卷十二董奉引神仙傳）。後遂以「杏林春滿」。「譽滿杏林」等稱頌醫術高明。

④莊子漁父：「孔子遊乎緇帷之林，休坐乎杏壇之上，弟子讀書，孔子絃歌鼓琴。」釋文：「杏壇，司馬（彪）云：「澤中高處也。李（頤）云：壇名。」按：莊子寓言，本非實指；後人因在山東曲阜孔廟大成殿前築壇、建亭、書碑、植杏。北宋乾興間（一〇二二）孔子第四十五代孫道輔增修祖廟，移大殿於後，因以講堂舊基甃石為壇，值以杏，取杏壇之名名之，之後歷代相承。（清顧炎武日知錄卷三一）。

十一、罄竹難書

本意謂用盡竹簡，猶不容易完整地記載。罄，ㄑㄧㄥˋ。盡。竹，指竹簡。書，記載。語出呂氏春秋明理：「亂國之所生也，不能勝數，盡荊越之竹，猶不能書。」漢書公孫賀傳：「（朱）安世者，京師大俠也。聞賀欲以贖子，笑曰：『丞相禍及宗矣。南山之竹不足受我辭，斜谷之木不足為我械。』……下有司驗賀，窮治所犯，遂父子死獄中，家族。」初，即用以指稱罪惡。舊唐書李密傳：「有一於此，未或不亡。況四維不張，三靈魂瘁，無小無大，愚夫愚婦。共識殷亡，咸知夏滅。罄南山之竹，書罪無窮；決東海之波，流惡難盡。……」（卷五三）。資治通鑑隋煬帝紀：「（李）密移檄郡縣，數煬帝十罪，且曰：『罄南山之竹，書罪無窮，決東海之波，流惡難盡。』」明史鄒維璉傳：「維璉抗疏曰：『（魏）忠賢大姦大惡，罄竹難書；陛下憐其小信小忠，不忍割棄。豈知罪惡既盈，即不忍不可得。』」（卷二三五）。亦有用以形容好人好事，古今各有其例——

一、唐皮日休（八三四？—八八三？）文藪卷九移元徵君書：「……又不知房杜姚宋何人也，果行是道，罄南山之竹不足以書足下之功，窮百谷之波不足以注足下之善。」

二、近人鄒韜奮（一八九五—一九四四）抗戰以來廿三：「淪陷區的同胞在抗戰中所表現的奇蹟，真是所謂罄竹難書。」

十二、每下愈況？每況愈下？

前者出自莊子知北游：「莊子曰：『夫子之問也，固不及質。正獲之問于監市履狶也，每下愈況。』」意謂豬隻的肥瘦，越接近豬的腳脛處越能顯示其是否真肥。此一成語恆用以比喻逾從低微的事物上推求，逾能看清楚「道」的真實清況，從比照而顯明。後人多用以指情況越來越差。清吳趼人（一八六六—一九一〇）兩晉演義序：「三國演義出，而膾炙人口，自士大夫以至輿臺，莫不人手一篇。人見其風行也，遂競斅為之，然每下愈況，動以附會為能，轉使歷史真相，隱而不彰，而一般無稽之言，徒亂人耳目。」

後者出自南宋胡仔（一一一〇—一一七〇）苕溪漁隱詩話後集東坡一：「子瞻自言平生不善唱曲，故間有不入腔處。非盡如此，後山乃比之教坊司雷大使舞，是何每況愈下，蓋真謬耳！」國父孫中山先生中國國民黨第一次全國代表大會宣言：「……至于村落則其困窮之象，每況愈下。」

二者混用有年，且已成同義語。又，每下愈況，得省作「每下」。南宋葉夢得石林燕語卷三：「建中靖國初，曾丞相布當國，命劉燾為館職，取淳化所遺與近出者，別為續法帖十卷，字多作燾體，又每下矣。」

十三、老蚌生珠

本用以比喻人有賢子。東漢孔融（一五三—二〇八）與韋端書：「前日元將來，淵才亮茂，雅度弘毅，偉世之器也；昨日仲將復來，懿性貞實，文敏篤誠，保家之主也。不意雙珠，近出老蚌，甚珍貴之。」榮按：韋端字甫休，杜陵人，有二子，長康字元將，次誕字仲將。後亦用以稱頌人老得子。北齊書陸印傳：「邵又與印父子彰交游，嘗謂子彰曰：『吾以卿老蚌，遂出明珠。』」對有賢子者，譽稱老蚌。南史王珍國傳：「（王珍國）還為大司馬中兵參軍，武帝雅相知賞，謂其父廣之曰：『珍國應堪大用，卿可謂老蚌也。』北宋蘇軾贈山谷子詩：「笑君老蚌生明珠，自笑此物吾家無。」清姚鼐香亭得雄于其去歲所失小郎有再生之徵一詩為賀兼以識異：「金環乘穴真堪信，老蚌珠胎倍可欣。」

明珠生蚌，喻出色的子女生于出色的父親。羣音類選百順記王曾得子：「荷皇天寵賜，一子承宗。縱休誇佳兆為熊，猶幸似明珠生蚌。」

十四、徐娘半老

徐娘，徐昭佩（？—五四九）。父緄，歷官侍中、信武將軍。梁天監十六年十二月嫁湘東王蕭繹為妃。先後與荊州後堂瑤光寺智遠道人、元帝心腹暨季江等私通。南史后妃傳下徐妃：「季江每歎曰：『栢直狗雖老猶能獵，蕭溧陽馬雖老猶駿，徐娘雖老猶尚多情。』時有賀徽者美色，妃要之於普賢尼寺，書白角枕為詩相贈答。」梁書列傳一：「史臣曰：『后妃道贊皇風，化行天下，蓋取葛覃、關雎之義焉。……世祖徐妃之無行，自致殲滅，宜哉。』」後人以徐娘半老，謂婦德不良者，雖已逾中年而風韻猶存。唐劉禹錫（七七二—八四二）夢揚州樂妓和詩：「花作嬋娟玉作妝，風流爭似舊徐娘。」南宋管鑒（？—？；淳熙前後間人）念奴嬌夷陵九日憶去歲金石之游詞：「追念往昔佳辰，尊前絕唱，未覺徐娘老。」明高啟東池看芙蓉詩：「半愁霜露綺蒹葭，老去徐娘猶窈窕。」清趙翼題許松堂亡姬小像詩：「徐娘自知老，專恃多情牽。」近人鄒韜奮萍蹤寄語廿四：「那個女主人，徐娘半老、風韻猶存，拿著一瓶酒和幾隻玻璃杯出來。」

卷十一

一、荔枝

荔枝，又作荔支。學名**Lichi chinensis**。屬無患子科，常綠喬木，高可達二十米。偶數羽狀複葉，小葉呈長橢圓形或披針形，全綠，革質，側脈不明顯。花有雄花、不完全雄蕊雌花、不完全雌蕊雄花與變態花等類型。圓錐花序；花小，無花瓣，呈綠白或淡黃色，有芳香。果心臟形或圓形；果皮具多數鱗斑狀突起，鮮紅、紫紅、青綠或青白色。新鮮果肉呈半透明凝脂狀、多汁、甘美、芳香。性喜溫暖多光。多採壓條繁殖。原產華南，以廣東、廣西、福建、四川、雲南、臺灣等地栽培最多。枝葉繁茂，不作防風林樹種。木質堅實，可作家具。果可食用，果殼、根與樹幹可提製栲膠。二十世紀六十年代，臺灣地區已繁殖成功矮種荔枝，高約一米六、七，實繁、味甘、多汁，便於採收。史記司馬相如列傳：「隱夫鬱棣，榙㭰①荔枝，羅乎後宮，列乎北園。」東觀漢記匈奴南單于：「南單于來朝，賜御食及橙橘、龍眼、荔枝。」南宋陸游（一一二五—一二一〇）老學菴筆記卷三：「宣和中，保和殿下種荔枝成實，徽廟②手摘以賜燕帥王安中。」西晉嵇含（二六三—三〇六）南方草木狀卷下：「荔枝樹，高五六丈餘，如桂樹，綠葉蓬蓬，冬夏榮茂，青華朱實，實大如雞子③，核黃黑似熟蓮，實白如肪。甘而多汁，似安石榴。」

北宋蘇軾（一〇三六—一一〇一）食荔支二首并引

惠州太守東堂，祠故相陳文惠公。堂下有公手植荔支一株，郡人謂之將軍樹。今歲大熟，賞啖之餘，下逮吏卒。其高不可致者，縱猿取之。

其一、

丞相祠堂下，將軍大樹旁。炎雲駢火實，爛紫垂先熟，高紅掛遠揚，分甘遍鈴下，也到黑衣郎。

其二、

羅浮山下四時春，盧橘楊梅次第新。日啖荔支三百顆，不辭長作嶺南人。（蘇軾詩集卷四十）

①ㄊㄚ ㄊㄚˋ。

②指已逝之徽宗皇帝，意謂先帝。

③鷄卵、鷄蛋。

二、遊就

遊必就士省作遊就。日本東京九段坂靖國神社左側建有遊就館，佔地逾千坪。按遊就一詞，語出荀子勸學：「……故君子居必擇鄰，遊必就士。所以防邪僻而近中正也。」

三、筆格

即筆架。架筆的文具。昔有玉、銅、瓷等不同材質，式樣、花色繁多。南朝梁簡文帝遺有詠筆格詩、吳均遺有筆格賦。（藝文類聚卷五八）

四、筆研

即筆硯。漢書薛宣傳：「性密靜有思，思省吏職，求其便安。下至財用筆研，皆為設方略，利用而省費。」（卷八三）後漢書班超傳：「久勞苦，嘗輟業投筆歎曰：『大丈夫無他志略，猶當效傅介子、張騫立功異域，以取封侯，安能久事筆研間乎？』」（卷四七）。

五、友仁

結交有愛心的人，謂之友仁。典出論語衛靈公：「子貢問為仁。子曰：『…居是邦也，事其大夫之賢者，友其士之仁者。』後以「友仁」謂與仁者為友。清梁章鉅（一七七五—一八四九）歸田瑣記家居：「居是而事賢友仁，就高年而採風問俗。」

六、友于

書君陳：「王若曰：『君陳！惟爾令德孝恭，惟孝友于兄弟，克施有政，命汝尹茲東郊。敬哉！』」按：于本屬介詞，後人恒將「友于」連用，以稱兄弟間之友愛。後漢書卷六四、史弼傳封事曰：「陛下隆於友于，不忍遏絕。」友于，借指兄弟。又，三國魏曹植（一九二—二三二）求通親親表：「今之否隔，友于同憂。」用法亦同。另，「有」通「友」。「有于」，亦用以借指兄弟。唐高適（七〇〇？—七六五）真定即事奉贈韋使君二十八韻：「契闊慚行邁，羈離憶有于。」

七、友助

語本孟子滕文公上：「夫滕壤地褊小，……鄉田同井，出入相友，守望相助，疾病相扶持，則百姓親睦。」後以「友助」謂彼此幫助。近人梁啟超（一八七三—一九二九）史記貨殖列傳今義：「何不合全國之力相聯屬，相友助以與他國敵？」

八、振德

孟子（前三八五—？）引述帝堯之言：「……放勳曰：『勞之來之匡之直之，輔之翼之，使自得之；又從而振德之。』（滕文公上）」振德，謂加惠窮民，救其困乏也。余友，小學同儕徐君，其名曰振德，源於上引之文。

九、牯嶺

牯牛嶺，簡稱牯嶺。在江西省廬山。因有岩石狀如牯牛①而得名。廬山紀事卷二：「九奇峰東北為牯牛嶺。山疏：嶺雄峻，如入箕踞而睨②……其北有石如（牯）牛首，故名。」按：晚清，牯嶺先後為英、法、美三國強租占用，民國廿四年收回。

①公牛經閹割者，一稱牯子；惟亦泛指（公）牛。本草綱目獸一牛：「牛之牡者曰牯曰特。」牡，雄性鳥獸。

②ㄋㄧˋ。斜視。左傳哀公一三年：「旨酒一盛兮，余與褐之父睨之。」禮中庸：「執柯以伐柯，睨而視之，猶以為遠。」

十、水神

事物異名錄坤輿瀆：「山堂肆考：唐玄宗封江①為廣源公、淮②為長源公、河③為靈源公、濟④為清源公。」

①指長江，一名揚子江。

②指淮水，一名淮河。

③指黃河。

④指濟水。濟，ㄐㄧˇ。書禹貢：「導沇水，東流為濟，入於河。」榮按：濟水源出於河南濟源縣王屋山，其故道本過黃河而南，東流至山東，與黃河並行入海。其後下游為黃河所奪，惟河北發源處尚存。（水經注卷七）。古，江、淮、河、濟合稱四瀆。瀆，ㄉㄨˊ。本義溝渠。論語憲問：「（管仲）豈若匹夫匹婦之為諒也，自經於溝瀆而莫之知也。」在此，泛指河川。如：四瀆。

十一、筆公

北魏古弼（？—四五二）代（今山西大同）人。頭形尖，魏太武帝①名之為筆頭，時人因稱渠為筆公。魏書古弼傳：「古弼，代人也。少忠謹，好讀書，又善騎射。……以敏正著稱。太宗②嘉之，賜名曰筆，取其直而有用，後改名弼，……。弼頭尖，世祖③常名之曰筆頭，是以時人呼為筆公。」（卷廿八）。北史列傳十三：「古弼，代人也。少忠謹，善騎射。……以敏正稱。明元④嘉其直而有用，賜名曰筆。後改名弼，……弼頭尖，帝⑤常名之曰筆頭，時人呼為筆公。」（卷廿五）。

①拓跋燾（四二四—四五二在位），明元帝之長子。

②拓跋嗣（四〇九—四二三在位）之廟號，謚號明元。

③魏太武帝之廟號。

④參②。

⑤指太武帝。

十二、勝國 附：勝引、勝友

典出周禮地官媒氏：「凡男女之陰訟①，聽之于勝國之社。」鄭玄注：「勝國，亡國也。」已亡之國為今國所勝，故稱。後因用以指稱前朝。元張養浩（一二七〇—一三二九）濟南龍洞山記：「歷下②多名山水，龍洞為尤勝……勝國③嘗封其神曰靈惠公④。」（元文類卷廿九）。近人王國維（一八七七—一九二七）沈乙庵先生七十壽序⑤：「順康⑥之世，天造草昧，學者多勝國⑦遺老。」

勝引，猶言勝友。昭明文選東晉殷仲文（？—四〇七）南州桓公九井作詩：「廣筵散汎愛，逸爵紆勝引。」李善注：「勝引，勝友也。引猶進也，良友所以進己，故通呼曰勝引。」

勝友，良友；有名望之友。唐王勃（六五〇—六七六？）滕王閣詩序：「十旬休暇，勝友如雲；千里逢迎，高朋滿座。」（王子安集卷五）。

①鄭玄注云：「爭中冓之事以觸法者。」以今語言：事涉男女姦私的訟案。

②歷下亭之省詞。亭在山東濟南舊城內大明湖中小島。唐天寶四載（七四五）杜甫與李邕（書

法家）相會於亭下，遺有陪李北海宴歷下亭詩，以記其盛。前清咸豐間曾重修，中懸乾隆御書「歷下亭」木匾一方，何紹基（一七九九—一八七四）書重修歷下亭記，石刻嵌亭東南臨湖閣內，另集前引杜詩聯句「海右此亭古，濟南名士多。」經鐫於亭大門兩側。

③指稱北宋。宋史禮志八、諸祠廟：「……其他州縣嶽瀆、城隍、仙佛、山神、龍神、水泉江河之神及諸小祠，皆由禱祈感應，而封賜之多，不能盡錄云。」榮按：徽宗佞道，政和七年（一一一七）四月，道籙院上章，冊上為道主教君皇帝。

④參③。

⑤沈曾植（一八五〇—一九二二）浙江嘉興人。一名增植，號乙盦、亦作乙庵。光緒六年（一八八〇）進士，歷任刑部主事、員外郎、郎中、江西廣信、南昌知府、安徽提學使，主講兩湖書院。署安徽布政使護理巡撫時，觸怒權貴，宣統二年（一九一〇）托病辭官、寓居上海。渠以書法負盛名，學識淵博、深諳古今律令，亦精研西北史地。遺有漢律輯補、晉之刑法志璇璣圖說等書。

⑥順，順治。康，康熙。

⑦指稱明朝。

十三、失匕箸

謂因受驚嚇而掉落手中的食具。匕箸，ㄅㄧˇ ㄓㄨˋ。匙與筷。匕，食器。淺斗、曲柄，狀如今之羹匙。古分飯匕、牲匕、疏七、挑匕四種。形制皆同，惟大小長短，因用途而異。詩小雅大東：「有饛①簋飧②，有捄③棘匕。」榮按：棘匕、以棘木製之，故稱。箸，同「筯」。今語稱筷子。失匕著，典出三國志蜀志先主備傳：「先主未出時，獻帝舅車騎將軍董承辭受帝衣帶中密詔，當誅曹公④，先主未發⑤。是時，曹公從容謂先主曰：『今天下英雄，唯使君與操耳。本初⑥之徒，不足數也。』先主方食，失匕箸。」裴松之注引華陽國志：「于時正當雷震，備因謂操曰：『聖人云：迅雷風烈必變⑦。良有以也，一震之威，乃可至于此也。』」後人因以失（匕）箸指受驚失措。三國演義第廿一回：「……操曰：『夫英雄者，胸懷大志，腹有良謀，有包藏宇宙之機，吞吐天地之志者也。』玄德曰：『誰能當之？』操以手指玄德，後自指，曰：『今天下英雄，惟使君與操耳！』玄德聞言，吃了一驚，手中所執匙筯，不覺落於地下。時正值大雨將至，雷聲大作。玄德乃從容俯首拾筯曰：『一震之威，乃至於此。』操笑曰：『丈夫亦畏雷乎？』玄德曰：『聖人迅雷風烈必變，安得不畏？』將聞言失筯緣故，輕輕掩飾過了。」上引小說文字，與正史（含注引）相符。南宋張孝祥（一一三二—一一七〇）水調歌頭隱靜山觀雨詞：「人間應失匕箸，此地獨從容。」

「失匕箸」直接衍生出「失匕」、「失箸」、「聞雷」、「失箸人」、「曹劉敵」與「聞雷箸失」等六則典實。從「聞雷箸失」又衍生出「遇雷失箸」。茲分別舉述昔人運用實例如次—

一、失匕　北宋蘇軾（一〇三六—一一〇一）曹既見和復次韻：「誰令妄驚怪，失匕號萬竅。」

二、失箸　南宋范成大（一一二六—一一九三）雷雨鄰居起龍⑧詩：「連鼓一聲人失箸，不知挂壁幾梭飛。」

三、聞雷　三國演義第廿一回：「勉從虎穴暫趨身，說破英雄驚殺人。巧借聞雷來掩飾，隨機應變信如神。」

四、失箸人⑨　北宋蘇軾唐道人言天目山上俯視雷雨詩：「山頭只作嬰兒看，無限人間失箸人。」

五、曹劉敵⑩　南宋辛棄疾（一一四〇—一二〇七）滿江紅江行和楊濟翁韻詞：「吳楚地，東南拆⑪，英雄事，曹劉敵。」

六、聞雷箸失⑫　近人呂志伊（一八八一—一九四〇，一作一八八二—一九四二）⑬讀史感賦詩：「聞雷箸失劉玄德，避地楊穿管幼安⑭。」

七、遇雷失箸　清曹爾堪（一六一七—一六七九）水龍吟湖舫泛雨呈座客詞：「懶學英雄，論兵捫虱⑮，遇雷失箸。」

①ㄇㄥˊ。盛器滿貌。

②ㄍㄨㄟˇ ㄙㄨㄣ。一作「簋飧」。盛在簋內的熟食。簋，古祭祀、宴享時用以盛黍稷之器。多呈圓腹、侈口、圈足。殷商時無蓋、無耳或有二耳。西周時，始有蓋，有二耳或四耳。

③ㄐㄩ。曲貌。

④指曹操。

⑤沒有揭露董承受詔的秘密。

⑥袁紹（？—二〇二）字本初。

⑦語出論語鄉黨：「有盛饌，必變色而作。迅雷、風烈、必變。」意謂孔子遇有疾雷、暴風，定會改變臉色，表示其對上天之敬畏。

⑧開始奏笙。龍，指稱樂器龍笙。南朝梁元帝夕出通波閣下觀妓詩：「起龍調節奏，卻鳳點笙簧。」

⑨即受驚者。

⑩意謂雙方匹敵。

⑪ㄔㄞ。分裂。通「拆」。

⑫謂借某事掩飾其受驚失措之真相。

⑬雲南思茅（今普洱）人。原名占東，字天民，別號旭初、金馬，室名遜敏齊。光緒廿七年（一九〇一）舉人。卅年（一九〇四）赴日留學。次年，加入同盟會為雲南支部長。與越伸等創辦雲南及滇話報，光緒卅四年（一九〇八）與楊振鴻等發起雲南獨立會並組織人員支援河口起義。同年冬，至仰光與居正同任光華日報、進化報主筆。宣統二年（一九一〇）至上海，任民主報主筆。雲南光復後，出任都督府參議。中華民國臨時政府成立，任司法

部次長。後為參院議員、民國新聞社總編輯。渠為南社社友。袁世凱謀稱帝時，佐護國軍起兵于故里。民十二任中國國民黨參議、國府立法委員等職。著有天民回顧錄遺稿、遜敏齊詩集、偶得詩集、同盟會瑣錄等書存世。

⑭管寧（一五八—二四一）三國魏北海朱虛人。字幼安。少與華歆同席讀書，有乘軒冕過門者，歆廢書往觀，寧與割席分座。東漢末避亂居遼東，聚徒講學。越卅七年始歸。文帝（曹丕）拜為大中大夫，明帝拜為光祿勳，皆辭不就。（三國志卷十一魏志十一）

⑮王猛（三二五—三七五）博學好兵書，隱居華陰山。桓溫入關中，猛披褐謁溫，談當世事，捫虱而言，旁若無人。溫請與偕行，不就。後應苻堅招、相契為劉備之與孔明。及堅即位，以猛為中書侍郎，一歲五遷，權傾內外，軍國內外萬機之務，莫不歸之。臨終，力勸苻堅切勿圖晉。堅未從，終有淝水之敗。（晉書卷一一四載記、苻堅（下）附王猛）。

十四、金石人

金與（美）石皆質地堅實、不易腐朽。故稱人個性堅貞謂金石人。詞源於宋史金安節傳：「隆興改元，（龍）大淵、（曾）覿並除知閤門事，宰相知安節必以為言，使人諷之曰：『若書行，即坐政府矣。』安節拒不納，封還錄黃。時臺諫相繼論列，奏入不出，上意未回，安節與給事中周必大奏：『陛下即位，臺諫有所彈劾，雖兩府大將，欲罷則罷，欲貶則貶，獨於二臣乃為遷就諱避。臣等若奉明詔，則臣等負中外之謗；大臣若不開陳，則大臣負中外之責；陛下若不俯從，則中外紛紛未止也。』上怒，安節即自刎乞竄，上意解，命遂寢。潛邸舊人李珂擢編脩官，安節又奏罷之，上諭之曰：『朕知卿孤立無黨。』張浚聞之，語人曰：『金給事真金石人也。』」（卷三八六）。

十五、名士耽酒

西晉山簡（二五三—三一二）河內懷人（懷縣故城，在今河南武陟縣西南）。濤之幼子。永嘉三年（三〇九）曾任征南將軍，鎮守襄陽。好酒。荊州豪族習氏有佳園池，簡常出嬉遊，多往池上，屢醉而歸。童歌之曰：「山公出何許，往至高陽池。日夕倒載歸，茗艼無所知。時時能騎馬，倒著白接羅。」（世說新語任誕）唐杜甫（七一七—七七〇。）章梓州水亭詩：「荊州愛山簡，吾醉亦長歌。」近人某撰聯：「從來名士皆耽酒，未有神僊不讀書。」典出晉書山濤傳附山簡：「簡優游卒歲，惟酒是耽。」耽，沉溺也。

十六、指李推張

意謂彼此推諉，逃避責任。清黃六鴻（？—？）福惠全書錢穀比較：「……臨期聽比，無指李推張之弊。」

十七、十鼠同穴

九加一曰十，屬盈滿之數（十進位）。隱稱（眾）多。鼠性狡譎，因用以隱指叛逆為惡之徒。動物所居巢洞曰穴，謂所處之空閒。十鼠同穴，意謂姦邪作惡之徒聚集且彼此爭鬬。典出三國志魏志鮑勛傳：「（文）帝大怒，曰：『勛無活兮，而汝等敢縱之！收三官已下付刺奸，當令十鼠同穴。』」

十鼠同穴亦作「十鼠爭穴」。梁書元帝紀：「……世祖馳檄告四方曰：『……侯景奔竄，十鼠爭穴，郭默清夷，晉熙附義，計窮力屈，反殺後主。……』」

十八、詩入雞林

典出唐元稹（七七九—八三一）白氏長慶集序：「〔白居易詩〕二十年間，禁省觀寺①、郵侯②墻壁之上無不書，王公妾婦③、牛童馬走④之口無不道……又云雞林⑤賈人⑥求市頗切，自云：『本國宰相每以百金換一篇，其甚偽者，宰相輒能辨別之。』自篇章已來⑦，未有如是流傳之廣者。」（四部備要本）。後人遂以「詩入雞林」狀詩（文）作品流傳廣泛。北宋黃庭堅（一〇四五—一一〇五）自咸平至太康得十小詩之一：「詩入雞林市，書邀道士鵝⑧。」

自「詩入雞林」直接衍生出雞林、雞林賈、紙貴雞林、流播雞林、詩在雞林、雞林詩句、雞林詩價、雞林名士等八則典實。從雞林詩價再衍生出雞林貴、雞林價、雞林聲價與雞林價貴等四則典實。「父」、「子」、「孫」三代多達十三則。茲舉例如次：

一、雞林　南宋姜夔（一一五五？—一二二一？）白石詩話：「一家之語，自有一家之風味……模仿者語雖似之，韻亦無矣。雞林豈可欺哉！」清吳偉業（一六〇九—一六七二）畫中九友詩：「至尊含笑黃金投，殘膏剩馥雞林求。」

二、雞林賈⑨　元宋元（一二六〇—一三四〇？）憶舊寄金陵馮壽之詩：「句滿雞林賈，名齊雁塔人⑩。」

三、紙貴雞林⑫　清李漁（一六一〇—一六八〇）耐歌詞自序：「近日詞家，各有專集，莫不紙貴雞林。」

四、流播雞林⑪　清王士禛（一六三四—一七一一）戲仿元遺山論詩絕句詩：「詩句流播雞林遠，獨愧文章替左司。」

五、詩在雞林　清趙翼（一七二九—一八一四）王夢樓挽詩：「生有笙歌矜馬帳⑬，死猶詩句在雞林。」

六、雞林詩句⑭　趙翼戲作詩：「麟閣⑮畫圖功不朽，雞井詩句價爭償。」

七、雞林詩價⑯　近人張素⑰聲聲慢鴻秋自吉林赴奉祠以贈行詞：「才識雞林詩價，又專征遼瀋。」

八、雞林名士⑱　近人張朝墉（？—約一九二〇後）⑲壬戌人日集成君澹堪寓齊即用其哈爾濱寄都門吟侶韻：「蝸角功名成糞土，雞林名士幾詩才。」

九、雞林貴　元袁桷⑳（一二六六—一三二七）悼王尚書詩：「墨澤雞林貴，青毡虎觀榮。」

十、雞林價　清宗山㉑（？—？）步步嬌題李幼梅觀督越南唱和卷子套曲：「陽春寡，那和詩重定雞林價。」

十一、雞林聲價　近人楊錫章（一八六四—一九二九）㉒西江月天梅變雅樓三十年詩徵題辭詞：「雞林聲價筆生香，海外聞風傾向。」

十二、雞林價貴　近人吳蘂先（？—？）新水令吳芝瑛夫人榮哀錄題辭㉓套曲：「想當年幾卷冰綃㉔，珠玉揮毫，五嶽搖。萬古雲霄，雞林價貴，鳳閣名高。」

①禁省，即禁中，亦稱省中，合稱禁省。按：秦漢時，皇帝所居宮苑稱禁中，言門戶有禁，非侍衛與通籍臣工，不得入內。西漢元帝皇后父名禁，乃改稱省中，「省」有省察之意。

②本作「郵堠」。謂傳舍、館驛（史記李斯列傳、絳侯周勃世家，三輔黃圖卷六）。觀，道觀。寺，佛寺。

③舊時，泛指社經地位卑下者。牛童、牧童、馬走、僕役之屬。

④宗室或異姓有爵位者之女眷。

⑤中古國名，即新羅。唐高宗龍朔三年（六六三）置新羅為雞林州，並以新羅王法敏為大都督（舊唐書卷一九九上新羅國傳）。劉禹錫送源中丞充新羅王冊立使詩：「官帶霜威辭鳳闕，口傳天語到雞林。」

⑥即商人。

⑦即今語「以來」。榮按：古，「以」、「已」通用。

⑧典出晉書王羲之傳：「（羲之）性愛鵝，……（孤居）姥聞羲之將至，烹以待之，羲之歎惜彌日。又山陰有一道士、養好鵝，羲之往觀焉，意甚悅，固求市之。道士云：『為寫道德經，當舉群相贈耳。』羲之欣然寫畢，籠鵝而歸，甚以為樂。」（卷八〇）。

⑨指稱古朝鮮新羅國商人。榮按：白居易工詩，當時士庶爭傳，雞林行賈，以白詩售與國相（參首段），率篇易一金。（新唐書卷一一九白居易傳）。

⑩唐神龍後（公元七〇五後）新科進士有題名雁塔之舉，故稱。唐韋絢（八〇一—八六六？）嘉話錄云進士張莒偶題名于此，後遂為故事；北宋錢易（九六八—一〇二六）南部新書以為始自韋肇。榮按：雁塔有二，皆在今陝西西安市南郊。位慈恩寺者稱大雁塔，建於高宗永徽四年（六五三）。初僅五層，武后長安年間（七〇一—七〇四）倒塌，尋重建，並增為十層，今塔為七層。初名慈恩寺塔，以佛教故事有菩薩化身為雁，舍身布施，故又稱大雁塔。唐進士所謂「雁塔題名」指此塔而言。聖教序碑立於此塔基址附近。中宗景龍（七〇七—七一〇）於薦福寺所營建者稱小雁塔，其規模較慈恩寺塔略小，故稱。惟其高達十五層，明嘉靖卅四年（一五五五）地震受創，倖塔身完好，經扶正保固。二塔經中共國務院核定為全國重點文物保護單位。

⑪謂詩（文）高妙，遠播海外他方。

⑫稱讚詩文作品佳美，眾人爭相購讀。與「洛陽紙貴」意近。

⑬後漢書馬融傳：「融才高博洽，為世通儒，教養諸生，常有千數。……韋坐高堂，施絳紗帳，前授生徒，後列女樂，弟子以次相傳，鮮有入其室者。」（卷六〇上）。榮按：馬融，（七九—一六六），扶風茂陵人。字季長。盧植、鄭玄皆出其門，遺有三傳異同說，注孝經、論語、詩、三禮、列女傳、老子、淮南子、離騷等書。

⑭指稱能流傳遠方的詩（文）作品。

⑮麒麟閣省作麟閣。西漢宣帝時（公元前七三—前四九年在位）圖繪功臣像於該閣。南朝梁虞羲（？—？）詠霍將軍北伐詩：「當令麟閣上，千載有雄名。」唐李白（七〇一—七六二）塞下曲之三：「功成畫麟閣，獨有霍驃姚。」

⑯謂能遠播異邦他國的作品，價值非凡。

⑰生卒年不詳，民初猶健在。江蘇丹陽人。字揮孫、號嬰公，室名悶尋鸚館。遺有嬰公文存、悶尋鸚館詞集、瘦眉詞卷、草間集等書。渠為南社社友。

⑱用以泛指詩文名家。

⑲四川奉節人。字伯翔、亦作白翔（自翔？）一字北牆，晚號半園。前清廩生，以善書名。光緒間劉心源知夔州，渠為劉幕賓。心源擅六法、工篆刻，朝墉受其薰陶，學力益進。後官內閣中書，哈爾濱長官公署顧問，卒於北京，時八十有餘。民九前後輯有黑龍江官印存一冊。

⑳字伯長。慶元鄞縣（今浙江寧波）人。少以能文名。曾拜王應麟為師。累官至侍講學士，卒諡文清。渠論詩推崇唐人風調，主張以古為則，不守一家之說，應博而采之、精以思之。前清四庫館臣對渠評價尤高。稱其「詩格俊邁高華，造語亦多工練，卓然能自成一家」。伯長論文宗歐陽修、王安石、曾鞏。為文于平正中求宏麗，喜引經訓，頗見精博。所著易說、春秋說不傳，今存清容居士集五十卷、附錄一卷。（滋溪文稿卷九、道園學古錄卷三、元史卷一七二、新元史卷一八九、宋元學案卷八五）

㉑本姓魯，字嘯梧。鐵嶺（今遼寧鐵嶺）人。鑲黃旗漢軍。官浙江候補同知，權乍浦同知。撰有窺生鐵齋詩存、希晦堂遺文雜著。

㉒江蘇華亭，亦作松江（今屬上海市）人。字子文、一作至文、至雯，號了公，又號蓼公、幾園，別署幾園老子、乳燕，室名藕齋。晚清曾任寶山縣教諭，上書告發太守貪贓枉法，反遭革職。遂於鄉間創設孤兒院，自任院長。民國初年於滬濱賣字為生。書宗何紹基，擅行草，喜用俗語撰聯，語多諷刺。著有梅花百詠。

㉓吳藻先，生卒年籍里事跡均待考，應與吳芝瑛同時。芝瑛（一八六八—一九三三）安徽桐城人。字紫英，室名小萬柳堂，人稱萬柳夫人，又室名帆影樓、悲秋閣。吳汝綸（一八四〇—一九〇三）之姪女。工詩文，善書法。年十九，嫁無錫廉泉後，住北京，結識秋瑾，積極贊助秋瑾脫離羈絆、游學日本。秋瑾遇害後，與徐自華于杭州西湖西泠橋附近購地安葬，徐撰墓表，渠手書勒石，並為亡者作傳。按：廉泉（一八六八—一九三三）與夫人同年生、

同年死。徐自華（一八七三—一九三五）浙江石門（今桐鄉）人。字寄塵，與秋瑾結盟姊妹，曾助瑾於上海刊行中國女報，又資助瑾起事。秋瑾殉難後，渠與陳去病等結秋社以繼瑾志。

㉔薄而潔白的絲綢。

十九、置錐之地

安放錐子的場所。多用以形容所占的空間非常有限，猶云極小之地。錐，ㄓㄨㄟ。今語多加語助詞，稱錐子。金屬製鑽孔的工具，似鑽而小。戰國策楚策三：「賁諸①懷錐刃而天下勇；西施衣褐而天下稱美。」置錐之地，語本莊子盜跖：「堯、舜有天下，子孫無置錐之地；湯、武立為天子，後世絕滅。」亦作「立錐之地」。史記留侯世家：「今秦失德棄義，侵伐諸侯社稷，滅六國之後，使無立錐之地。」漢書食貨志上：「富者田連仟伯②，貧者亡立錐之地。」蕩寇志第八六回：「四海雖大，（竟）無希真立錐之地。」

又，立錐之地，一作「立錐之土」。三國魏曹冏③（？—？）六代論：「子弟無尺寸之封功，臣無立錐之土。」

①孟賁、專諸。賁，一作「說」（史記秦本紀）。戰國、齊勇士，力能生拔牛角，仕秦武王。專諸，左傳作鱄設諸（昭公廿七年），春秋、吳堂邑人，（？—前五一五）。公子光（闔

閭）謀刺吳王僚而自立，伍子胥薦渠於光。僚十二年，光具酒請僚，專諸置匕首於魚腹中，乘進獻時刺僚立死。當場，諸亦為僚左右所殺。公子光遂自立為王。（史記吳太伯世家、刺客列傳）。

②田間小道。同「阡陌」。

③字元首。沛國譙（今安徽亳縣）人。魏宗室，曹騰兄叔興之後，齊王芳族祖，曾官弘農太守（魏世春秋）。曹魏代漢，分封諸王侯，空有其名而無其實，同於軟禁。至明帝、齊王芳之世，政權已漸落入司馬氏。周以宗室懿親，憂心國事，上書論夏商以來封建制，以為前代之興，在於強幹弱枝，分封宗室，諸侯彊大朝廷乃能鞏固；而自魏代漢，竟排斥宗族，實有條落本孤傾危之患。書上，曹爽不納。昭明文選卷五二選錄此文，題作六代論。

二十、包藏禍心

語出左傳昭公元年：「小國無罪，恃實其罪。將恃大國之安靖己，而無乃包藏禍心以圖之。」意謂暗藏不可告人的壞心。按：包藏，隱藏也①。南史蕭正德傳：「豈謂狼心不改，包藏禍胎，志欲覆敗國計，以快汝心。」禍心，為禍之心，猶作惡之念。東晉葛洪抱朴子良規：「外引舊事以飾非，內包豺狼之禍心。」新唐書桓彥範傳：「彥範②諫曰：『昌宗③謬橫恩，苞禍心。』」

明劉基（一三一一—一三七五）郁離子④卷上子僑包藏禍心：「西郭子僑與公孫詭隨、

涉虛，俱為微行。昏夜，踰其鄰人之垣，鄰人惡之，坎其往來之涂而置溷焉。一夕，又往，子僑先墮于溷，弗言，而招詭隨；詭隨從之墮，欲呼，子僑掩其口曰：『勿言。』俄而，涉虛至，亦墮。子僑乃言曰：『我欲其無相咥也。』君子謂西郭子僑非人也。己則不慎，自取其辱，而包藏禍心，以陷其友，其不仁甚矣！」

西郭子僑、公孫詭隨、涉虛等皆虛構人物，實無其人。劉伯溫撰此寓言，旨在強調朋友之道，貴在真誠，彼此協助、風雨同舟。生死與共，不可如子僑心懷歹念、落井下石。

①包藏，另有包容、寬容等多義；又，「包籠」與包藏義近。

②（六五二—七〇六）字士則。唐瀾州曲阿（今江蘇丹陽）人。慷慨俊爽。少以門蔭入仕，累官至司刑少卿，長安四年（七〇四）上疏請誅張昌宗。神龍元年（七〇五），與敬暉等率兵討張易之、昌宗于宮中，棄斬之。中宗復位，武三思等構陷，遭貶謫且杖殺。（舊唐書卷九一、新唐書卷一二〇）。

③（？—七〇五），與兄張易之皆為武曌男寵。

④劉基仕元棄官隱居時所撰，凡二卷、一九五則。其中，大多屬寓言。基，字伯溫，元末青田人，至順間舉進士，為明開國勳臣，典章制度多出其手，詩、文皆工，與宋濂齊名。胡惟庸構陷之，卒遇害，明史有傳。

廿一、裒多益寡

裒，ㄆㄡˊ。有二義：一作聚集解。詩小雅常棣：「原隰裒矣，兄弟求矣。」引申為眾多。詩周頌般：「敷天之下，裒時之對。」箋：「裒，眾。」一作減少、削除解。即採後解，削減多者以補不足。易謙：「君子以裒多益寡，稱物平施。」注：「多者用謙以為裒，少者用謙以為益，隨物而為，施不失平也。」北宋范仲淹（九八九—一〇五二）天道益謙賦：「是故君子法而為政，敦稱物平施之心；聖人象以養民，行裒多益寡之道。」

廿二、皮裏陽秋

皮裏陽秋本作「皮裏春秋」，又作「季野陽秋」、「陽秋皮裏」。意謂表面不露好惡而內心深藏褒貶。指藏諸內心、不直接表達之評論也。典源出自史籍，晉書褚裒傳：「裒①少有簡貴之風②，……譙國桓彝③見而目之曰：『季野有皮裏春秋。』言其外無臧否，而內有所褒貶也。」（卷九三）皮裏，猶云胸中。春秋，指褒貶。按：春秋，先秦編年體史書。傳孔子據魯史等修訂而成，其敘事極簡、意寓褒貶，因借其意。紅樓夢第卅八回：「（薛）寶釵接著笑道：『我也勉強了一首，未必好，寫出來取笑兒罷。』聽著也寫了出來。大家看時，寫道是：桂靄桐陰坐舉觴，長安涎口盼重陽。眼前道路無經緯，皮裏春秋空黑黃④。看到這裏，眾人不禁叫絕。……」東晉簡文帝⑤本生母鄭太后諱阿春⑥，晉人避諱，以「陽」代

「春」。南朝宋劉義慶（四〇三—四四四）世說新語賞譽：「桓茂倫云：『褚季野皮裏陽秋。謂其裁中也。』唐李瀚（？—九六二）蒙求：「泰初日月，季野陽秋」北宋歐陽修（一〇〇七—一〇七二）上胥學士偃啟：「裹陽秋于皮裏，不言備乎四時；吞雲夢于胸中，兼容盡于一介。」清龔自珍（一七九二—一八四一）調笑令詞：「烹茗，烹茗，閒數東南流品？美人俊辯風生，皮裏陽秋太明。」

①褚裒（三〇三—三五〇）字季野，晉河南陽翟（今河南禹州）人。裒，ㄆㄡˊ。

②具傲慢、高貴之骨氣曰簡貴之風。

③桓彝（二七六—三二八）字茂倫。晉譙國龍亢（今安徽懷遠龍亢集）人。桓溫父。

④皮裏……黃　謂蟹殼裏只有黑色的膏膜與黃色的蟹黃而已，諷寓世人心黑意險。

⑤司馬昱（三二〇—三七二）字道萬，東晉元帝少子，公元三七二年，桓溫擁立為帝，卒諡簡文，廟號太宗。

⑥鄭阿春（？—三二六）河南滎陽（今河南滎陽）人。世為冠族。安臺太守鄭愷之女。少孤。建德元年（三一七）瑯邪王（即東渡後元帝）納為夫人，生瑯邪悼王、簡文帝、潯陽公主。咸和元年病卒。簡文帝嗣位後，追尊為太后，史稱簡文宣鄭太后（詳晉書卷卅二）。

卷十二

一、五李三張

李，指李廷珪。張，指張遇。李、張二人為五代、北宋間製墨名匠，昔人以五李三張別稱名墨。元曲選馬致遠（？—？，約卒於泰定元年前後）岳陽樓一：「這墨光照文房，取烟在太華頂上仙人掌，更壓著五李三張，入硯松風響。」

李廷珪、一作李庭珪、亦作李庭邽，本姓奚，晚唐易州（今河北易縣）人。伯祖奚鼐、祖奚鼎，悉以製墨為業。父超攜廷珪等徒歙州（今安徽歙縣），睹其邑松林蓊鬱、材質堅實，新安江水流潔淨清冽，適宜製墨，復重操舊業。至南唐已馳名遠近，渠父子用料考究、造型美觀、包裝典雅。除以松煙為主要原料，並輔之以麝香、冰片、犀角、珍珠，經細心研磨、調劑、和膠，加工成形狀各異之墨錠，再以金粉和膠，于墨錠表面描繪雙龍戲珠、龍鳳呈祥、海天旭日、松鶴祝嘏……圖樣。其特點質地堅韌、光澤耀眼、芳香襲人，有落紙如漆、萬載存真之譽，廣為文人、雅士所好且為官衙指定之貢品，深得後主賞識。廷珪由是受封為墨務官，并賜姓李。時人謂「黃金易得，李墨難獲。」據云，徐鉉、徐鍇昆仲得一廷珪月團墨，價值三萬①。

廷珪昆仲、子姪孫五世，皆克承家傳，精于製墨，五李之名，源于此②。附李氏世系圖——

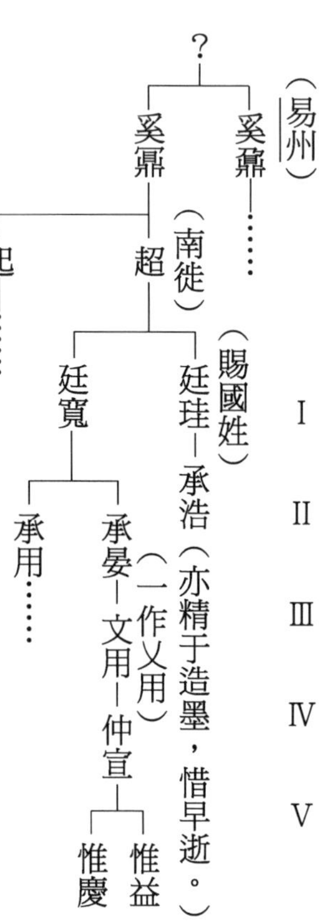

張遇，五代易州（今河北易縣）人。善製墨，墨面多龍紋，宮中恆用以畫眉，謂之畫眉墨。元陵友③（？—？）墨史卷上：「蔡君謨謂世以歙州李廷珪為第一、易水張遇為第二。」前揭書，卷中：「蔡君謨評墨以李廷珪第第一……張遇次之。」④遇之子谷、谷之子處厚，亦皆精于製墨，三張之說，源於此。

①十國春秋卷卅二、南唐十八，徽州府志卷十（弘治十五年刻本），重修安徽通志卷二六二（光緒三年重修本），歙縣志（民國廿六年修），易州志卷十四（弘治十五年刻本）。

②陸友墨史卷上。

③字友仁，一字宅之，自署硯北生。元平江（今蘇州）人。自幼苦讀，及長，工詩善書，尤較于古器物鑒定。至順間，北游大都，柯九思、虞集極為稱賞，薦于朝，未及用，而元文宗去世，遂偕柯九思歸吳。年四十八卒，遺有硯史印史、杞菊軒稿、硯北雜志及墨史等書。元詩選錄其詩十五首。生平事跡散見于硯北雜志自序、書硯北生傳後及吳中人物志（卷一三）。

④明陶宗儀（？—一三九六？）輟耕錄卷廿九墨：「上古無墨，……至魏晉時，始有墨丸，乃漆、煙、松煤夾和為之。……唐高麗歲貢松煙墨，用多年老松煙和麋鹿膠造成。……廷珪父子之墨始集大成。……宋熙豐間，張遇供御墨，用油煙入腦麝金箔，謂之龍香劑。……」按：熙豐，熙寧、元豐（一〇六八—一〇八五）之省詞。

二、文房三冠

約十世紀六、七十年代，南唐澄心堂紙、李廷邽墨與龍尾石硯，號稱天下之冠①，所謂文房三冠是也。

一、澄心堂紙　詩文發源：「澄心堂紙乃江南李後主所製。劉貢父詩云：『當時百金售一幅，澄心堂中千萬軸。後人聞此那復得，就使得之當不識。』」蜀牋譜：「南唐李後主造澄心堂紙，細薄光潤，為一時之甲。」②

二、李廷邽墨　十國春秋卷卅二、南唐十八、列傳：「李廷珪工造墨。與父超自易水來江南，定居歙州。初姓奚、後賜姓李氏。」其所製之墨，堅如玉、文如犀，時稱廷珪墨。③

三、龍尾石硯　北宋蘇易簡（九五九—九九七）文房四譜卷三：「今歙州之山有石，俗謂之龍尾石，匠製之，其硯色黑、亞于端④。若得其石心，則巧匠就而琢之，貯水之處圓轉如渦旋可愛矣。」

①北宋王闢之（？—？；紹聖初仍健在）澠水燕談錄卷九：「南唐後主留意筆札。所用澄心堂紙、李廷珪墨、龍尾石硯三物為天下之冠。」

②南唐後主重金禮聘後蜀紙匠于內苑澄心堂精製而得名。澄心一詞源自淮南子泰族訓：「澄心清意以存之。」西晉陸機文賦：「罄澄心以凝思，耿眾慮而為言。」

③廷邽、一作廷珪、亦作庭邽、庭珪。其先易水（今河北易縣）人，以製墨為業。廷邽隨父超南遷歙州，以其地多美松因留居以墨名家。本姓奚、南唐賜姓李，其弟、子、孫均克紹箕裘。（澠水燕談錄卷九、文房四譜卷五、易州志卷十四、重修安徽通志卷二六二、歙縣志卷十）

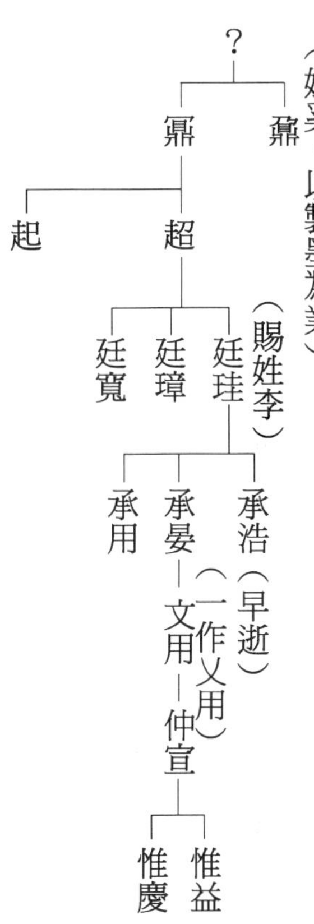

④指端溪石。

三、文房四寶

文房，書房也。唐元稹（七七九—八三一）酬樂天東南行詩：「文房長遣閉，經肆未曾鋪。」北宋何薳（約一〇九四前後猶在世）春渚紀聞端溪龍香硯：「史君與其父孝綽字逸老，皆有能書名，故文房所蓄，多臻妙美。」近人魯迅（一八八一—一九三六）書信集致鄭振鐸：「訂成一書，或先約同人，或成後售之好事，實不獨為文房清玩，亦中國木刻史上一大紀念耳。」筆、墨、紙、硯合稱文房四寶。北宋梅堯臣（一〇〇二—一〇六〇）九月六日登舟再和潘歙州紙硯：「文房四寶出二郡，邇來賞愛君與予。」醒世恒言佛印師四調琴娘：「學士遂令院子取將文房四寶，放在面前。」近人周立波（一九〇八—一九七九）掃盲志異：「文房四寶給捧出來了。」

文房四寶又稱「文房四物」、「文房四士」。北宋陳師道（一〇五三—一一〇一）寇參軍集序：「張、李氏之墨①，吳、唐、蜀、閩、兩越②之紙，端溪、歙穴之硯，鼠鬚、栗尾⑤、狸毫、兔穎之筆，所謂文房四物，山藏海蓄，極天下之選。」

南宋陸游（一一二五—一二一〇）閑居無客所與度日筆硯紙墨而已戲作長句詩：「水複山重客到稀，文房四士獨相依。」榮按：四士之稱，源於昔賢將筆、墨、紙、硯分別擬人化。稱筆為毛元銳、墨為易玄光、紙為楮知白、硯為石中虛。又，此四士，昔人亦分別予以封爵：管城侯毛元銳、松滋侯易玄光、好時侯楮知白、即墨侯石虛中。文嵩遺有四侯傳。

①張，張遇；李，李廷珪。渠二人均為製墨高手，餘參文房三冠。

②吳……兩越，五代時期十國中之六國。其中，唐即南唐、蜀指前、後蜀，兩越，係指吳越。

③今廣東德慶縣。縣東有端溪水，其地有三洞，自唐以來即以產硯石著稱，入宋名益盛。（寰宇通志卷一〇二、讀史方輿紀要卷一〇一。）

④歙溪的孔洞。歙溪在今江西婺源縣，所產龍尾石，宜於磨硯，龍尾硯著名且在端硯之前。婺源舊屬徽州府轄。

⑤鼬（ㄧㄡˋ）鼠尾端的毛。鼬，善捕鼠，故一名鼠狼，其尾毛所製成的筆，通稱狼毫筆。

四、有腳陽春

陽春，猶云暖春；有腳陽春，恆用以稱頌愛民如子、勤施仁政之官員。典出五代王仁裕（八八〇—九五六）開元天寶遺事卷下：「宋璟①愛民恤物，朝野歸美。時人咸謂璟為『有腳陽春』，言所至之處，如陽春煦物也。」

南宋李昂英（一二〇一—一二五七）摸魚兒送王子文知太平州詞：「丹山碧水含離恨，有腳陽春難駐。」明張景（？—？；一說秋郊子撰，亦明人）飛丸記全家配遠：「有腳陽春司讞聽，謾說道官清民靖。」此典又有多種典例，茲舉述為次—

一、陽春有腳　南宋楊萬里（一一二七—一二〇六）送吉守趙山父移廣東提刑詩：「陽春有腳來江城，銀漢乘槎移使星。」明湯顯祖（一五五〇—一六一七）牡丹亭勸農：「千村轉歲華，愚父老香盆、兒童竹馬。陽春有腳，經過百姓人家。」

二、春風有腳　南宋張孝祥（一一三二—一一七〇）從吳伯承乞茶詩：「春風有腳家家到，定為麄官不見分。」

三、春腳　南宋劉克莊（一一八七—一二六九）賀新郎戊戌壽張守詞：「不要漢廷夸擊斷，要史家、編入循良傳。春腳到，福星見。」

四、有腳春　南宋姚勉（一二一六—一二六二）沁園春送權倅許張幹詞：「蘇醒枯魚，剔除深蠹，個是人間有腳春。」

五、青陽②有腳　明楊慎（一四八八—一五五九）喜遷鶯賀薛曲泉撫臺詞：「青陽有腳，喜五馬重臨，江陽城廓。」

六、春有腳　清趙翼（一七二七—一八一四）行邊即事詩之一：「我到豈能春有腳，渠來自為昔無襦。」

①（六六三—七三七）。唐邢州南和（今山東）人。調露元年（六七九）進士。授上黨尉、歷杭、相、兗、冀、魏諸州事，徙廣州都督，政清毅，吏下無敢犯。睿宗、玄宗朝兩度為相，開元八年（七二〇）罷相，封廣平郡公，卒謚文貞。璟與姚崇先後秉政，崇善變、璟善守文，而剛正過於崇，人稱姚宋。昔，史稱開元之治姚宋之功為多。遺有文集十卷。舊唐書卷九六、新唐書卷一二四有傳。

②尸子仁意：「春為青陽，夏為朱明。」

五、哭逵泣練

一作「哭歧泣練」①。語出淮南子說林訓：「楊子②見逵路③而哭之，為其可以南、可以北；墨子④見練絲⑤而泣之，為其可以黃、可以黑。」試以今語譯之：楊朱看到眼前四通八達的道路，卻哭了起來，因為它可以向南、也可以往北，必須慎重地選擇、決定。墨翟看見雪白潔淨的生絲，竟低聲地飲泣，因為它既可以染黃、也可以染黑。

①「逵路」，一本作「岐路」。

②楊朱，戰國時魏人。生卒年不詳，後於墨子，前於孟子。字子居。又稱楊子、陽子或陽生。其說重在愛己，不以物累，不一毛以利天下。與墨子「兼愛」相反，同為儒家斥為異端。渠著述不傳，其論說散見於孟子、莊子、荀子、韓非子。列子有楊朱篇，唯所記不盡可信。

③四通八達的道路。逵，ㄎㄨㄟˊ。

④墨翟（前四七八？—前三九二？），春秋、戰國間魯人（一說宋人）。曾為宋大夫，卒於楚。渠主張兼愛、非攻、尚賢、尚同，反對儒家繁禮厚葬，提倡薄葬、非樂。遺有墨經（墨子中經上、下，經說上、下，大取、小取等六篇）前清孫詒讓撰有墨子閒詁十五卷。

⑤煮熟的生絲，色潔白、質柔軟。

六、五步成詩

用以比喻才思敏捷。清沈炳震①（一六七九—一七三七）唐詩金粉卷二敏悟：「史青，零陵人。聰敏強記。開元初，上書自薦能詩，云：『子建七步②，臣五步之內，可塞明詔③。』明皇試以除夕、上元、竹火籠等詩，應口而出。上稱賞，授左監門衛將軍。今存詩一首。」榮按：詩詳全唐詩卷一一五。茲錄於后：

應詔賦得除夜　史青

今歲今宵盡，明年明日催。寒隨一夜去，春逐五更來。氣色空中改，容顏暗裏回。風光人不覺，已著後園梅。

①字寅馭，號東甫。浙江歸安（今湖州）人。精史學、工詩。乾隆元年（一七三六）以貢生薦試博學鴻詞，報罷，踰年卒。著有唐詩金粉等書。（清史稿卷四八五文苑二、清史列傳卷六八八等）

②世說新語文學：「（魏）文帝嘗令東阿王（曹植）七步中作詩，不成者行大法，應聲便為詩曰：『煮豆持作羹，漉菽以為汁；萁在釜下燃，豆在釜中泣；本自同根生，相煎何太急！』帝深有慚色。」植，字子建。

③猶云可酬聖意。

七、五角六張

謂乖角、乖張，猶云七顛八倒。唐鄭棨①（？—八九九）開天傳信記：「天寶初，上游華清宮，有劉朝霞者獻賀幸溫泉賦……自敘云：『別有窮奇蹭蹬，失路猖狂。骨憧雖短，伎藝能長。夢裏幾回富貴，覺來依舊驚惶。今日是千年一遇，叩頭莫五角六張。』」北宋王安石（一〇二一—一〇八六）清平樂詞：「丈夫運用堂堂，且莫五角六張②。」（臨川集卷卅七）南宋馬永卿（？—？；大觀初進士，紹興間猶在世。）嬾真子卷一：「世言五角六張，此古語也。……五角六張，謂五日遇角宿③，六日遇張宿④，此兩日作事多不成。」清沈濤⑤（一七八一？—一八六一？）銅熨斗齋隨華卷七五角六張云：嬾真子所載，未見所出，蓋臆說之辭。附誌之。

①棨，一作「綮」。字蘊武，行五。滎陽人。工詩，善詼諧，時人稱鄭五歇後體。全唐詩卷五九七、卷八七〇，分別錄存其詩四首、斷句一聯。

②此處用以狀做事不順遂。

③廿八宿之一。東方蒼龍七宿之第一宿。有星二顆，屬今室女座。楚辭屈原（前三三九—？）天問：「角宿未旦，曜靈安藏。」

④廿八宿之一，亦稱鶉尾。在天之南方，朱鳥七宿之第五宿，有六星。

⑤本名爾政（一作爾振），字西雍、號匏盧，浙江嘉興人。嘉慶十五年（一八一〇）舉人，官如皋知縣，累遷直隸真定知府，有政聲，署江西鹽法道，授福建興泉永道，未到任，改發江蘇，病歿泰州。嘗從段玉裁遊，精研經籍、訓詁，工詩詞。所撰銅熨斗齋隨筆八卷，屬考據專著，今存有咸豐七年（一八五七）刻本。

八、五風十雨

本義：五日一風、十日一雨。謂風調雨順也。東漢王充（二七—？）論衡是應：「風不鳴條①，雨不破塊②。五日一風，十日一雨。」五代和凝（八九八—九五五）宮詞：「五風十雨餘糧在，金殿惟聞奏舜弦。」宋詩鈔王炎③雙溪詩鈔豐年謠之一：「五風十雨天時好，又見西郊稻黍肥。」

①風吹樹枝發聲謂之鳴條。西漢董仲舒（前一七九？—前一〇五）雨雹對：「太平之世，則風不鳴條。」（古文苑卷十一）

②狀暴雨毀傷農田。西漢桓寬（？—？，宣帝時官至廬江太守。）鹽鐵論水旱：「當此之時，雨不破塊，風不鳴條。」

③（一一三七—一二一八），南宋婺源（今屬江西）人。字晦叔，一字晦仲，號雙溪。年十五學為文，乾道五年（一一六九）進士。為官不畏豪強，有「為天子臣，正天子法」之語，時人多傳誦；然終以謗罷。所居有雙溪、築亭寄興，自比白樂天，一生著述甚富，總題為雙溪類稿，夙已失傳，僅存詩文廿七卷，稱雙溪集，有王懋元刻本（嘉靖十二年）、王孟達刻本（萬曆廿四年）與四庫全書本。詩文博雅精深，俱見根柢，議論醇正，引據典確（四庫全書總目卷一六〇）。

九、吳頭楚尾

本用以指稱古豫章①，後因以代稱江西②。其地位于春秋吳國上游、楚國下游處，如首尾彼此銜接，故稱。北宋黃庭堅（一〇四五—一一〇五）謁金門戲贈知命詞：「山又水，行盡吳頭楚尾。」元喬吉（一二八〇—一三四五）滿庭芳漁父詞曲：「吳頭楚尾，江山入夢，海鳥忘機。」清袁枚（一七一六—一七九七）隨園隨筆術數：「劉養正以帝星在吳頭楚尾，故勸宸濠③反，不知應在嘉靖④也。」近人周泳（？—？）秋懷井留別湘中諸友詩之八：「吳頭楚尾重回首，眺盡寒蕪幾點鴉。」

①古地名。左傳定公四年：「蔡侯、吳子、唐侯伐楚，舍舟于淮、汭，自豫章與楚夾漢。」榮按：其地應在今淮南江北之界。西漢移其名於江南，置郡，屬揚州。隋平陳，改置縣，屬洪州。故治在今江西南昌市。（漢書地理志上、舊唐書地理志三）。

②唐開元廿一年（七三三）分全國為十五道，江南分東西二道，江南東道治蘇州、江南西道治洪州，省稱江東、江西。宋置江南西路，簡稱江西路。元置江西行中書省，因有江西省之稱。明置江西省，清沿置，民國續沿置。

③朱元璋（明太祖）第十七子寧王權之玄孫。封於南昌。武宗正德十四年（一五一九）起兵反，陷南康、九江，沿江東下，掠安慶，擬攻奪南京。僉都御史王守仁調集江南各郡兵馬直攻南昌，宸濠回師救援，兵敗被俘，誅死。（明史卷一一七）。

④謂朱厚熜嗣位事。武宗崩（正德十六年、一五二一），無嗣，首輔楊廷和等以遺詔迎興獻王朱厚熜入繼大統，建元嘉靖。厚熜，憲宗孫、孝宗侄，父朱祐杬，封於安陸（今屬湖

北），上古楚地。

十、文思豆腐

昔人僉以西漢淮南王劉安①為豆腐之鼻祖。本草綱目卷廿四、穀之四、豆腐：「〔集解〕（李）時珍曰：『豆腐之法，始於漢淮南王劉安。凡黑豆、黃豆及白豆、泥豆、豌豆、綠豆之類，皆可為之。造法：水浸磑碎②，濾去滓，煎成。以鹽滷汁或山礬葉或酸漿醋澱，就釜收之。又有入缸內以石膏末收者。大抵得鹹苦酸辛之物，皆可收斂爾。其面上凝結者，揭取晾乾，名豆腐皮③，入饌其佳也。』」清李斗揚州畫舫錄卷四，新城北錄中：「枝上村，天寧寺④西園下院也。……南構彈指閣三楹，……閣中貯圖書玩好，皆希世珍。閣外竹樹，疏密相間。……閣後竹籬，籬外修竹參天，斷絕人路，僧文思居之。文思字熙甫，工詩、善識人……又善為豆腐羹、甜漿粥，至今效其法者，謂之文思豆腐。」

①（前一七九—前一二二）漢高祖子淮南王劉長之子。初封阜陵侯，文帝十六年（前一六四），封淮南王。渠好學、嗜鼓琴，不喜弋獵狗馬馳騁。招致賓客方術之士，作內書二十一篇，即今所傳淮南子（又稱淮南鴻烈）。外書卅三篇與中篇八卷已佚。淮南子雜取諸家之說，歸本于黃老之言。書中多記古神話，其文弘肆瑰麗。有許慎、高誘二家注，許注已佚、高注猶存，近人劉文典（一八九〇—一九五八）遺有淮南鴻烈集解。

②ㄨㄟˋ ㄙㄨㄟˋ。磨碎。

③俗稱豆腐姥。日本朝食鑑二、豆腐：「其滓，俗號岐良須。取濁水復入釜煎，其釜中浮面，凝結為濕紙者是豆腐皮也，俗稱豆腐姥，取之曬乾作蔬。」

④居揚州八大剎之首。位於新城拱宸門外，本為東晉謝安別墅。天寧（北）、法雲（南）、樂善（東）等三寺，其實皆謝宅也。

十一、三寶、四寶

我國東北又稱關外、關東。出山海關就進入東北，故稱關外。從方位言：山海關以東就是松遼平原，故亦稱關東。

東北沃野千里、林木鬱蓊，物產豐饒。昔人曾謂東北有三寶：人蔘、貂皮、烏拉草。二十世紀六十年代，又有關東四寶之說。所謂四寶，即人蔘、不老草、靈芝（別名紫蘭）與鹿茸。

十二、桃李不言，下自成蹊

意謂桃子、李子都不會說自己有多麼好吃，但眾人不約而同，紛紛來採摘，竟然將樹蔭下踩出一條路來。不言，不會說。蹊，ㄒㄧ。（田間）小路。如：蹊徑。典出史記李將軍列傳論：「余睹李將軍悛悛如鄙人，口不能道辭。及死之日，天下知與不知，皆為盡哀。彼其忠實心誠信于士大夫也？諺曰：『桃李不言，下自成蹊。』此言雖小，可以喻大也。」按：「桃李……成蹊」本古諺語，用以喻人不尚虛聲，卒因實際成就或真本領，眾人肯定且歸向之。亦用以喻人品行高尚，贏得眾人仰附。

此典，昔人活用之，有多型：

一、桃李不言，下自成行（ㄏㄤˊ） 西晉潘岳（二四七—三〇〇）太宰魯武公誄：「桃李不言，下自成行；德之休明，沒能彌彰。」

二、桃李成蹊 南朝齊謝朓（四六四—四九九）和徐都曹詩：「桃李成蹊徑，桑榆陰道周。」

三、桃李無言 唐駱賓王（六二七？—六八四？）早秋出塞寄東臺詳正學士詩：「數奇何以托，桃李自無言。」

四、桃李陰 唐高適（七〇〇？—七六五）同房侍御山園新亭與邢判官同游詩：「忝游芝蘭室，還對桃李陰。」按：同桃李蹊。

五、桃李蹊 唐杜甫（七一二—七七〇）水宿遣興奉呈群公詩：「嶷嶷瑚璉器，陰陰桃李蹊。」喻吸引眾人趨附之處。

六、桃蹊李徑 杜甫寒雨朝行視園樹詩：「桃蹊李徑年雖故，梔子紅椒艷復殊。」意同桃李蹊。

七、桃李樹 唐李賀（七九〇—八一六）奉和二兄罷使遣馬歸延州詩：「自是桃李樹，倚畏不能蹊。」喻稱品德高尚青。

八、桃李無蹊　北宋陳師道（一〇五三—一一〇一）寄亳州何郎中詩：「松篁有節元宜晚，桃李無蹊只有薰。」謂守德處默。

九、桃李無言，下自成蹊　南宋辛棄疾（一一四〇—一二〇七）一剪梅游蔣山呈葉丞相詞：「多情山鳥不須啼，桃李無言，下自成蹊。」無言，猶不言。

十、桃李自成蹊　金元好問（一一九〇—一二五七）送杜招撫歸西山詩：「父老漁樵知有社，將軍桃李自成蹊。」狀杜招撫人品高尚，自能受人愛戴敬仰也。

十一、桃李不須言　明袁宏道（一五六八—一六一〇）鄴城道詩之八：「成蹊人自省，桃李不須言。」意同桃李自成蹊，茲從略。

附錄

詠李　沈約（全漢三國晉南北朝詩、全梁詩卷四）

青玉冠四海，碧石彌外區。化為中園實，其下成路衢。在先良足貴，因小邈難逾。色潤房陵縹，味奪寒水朱。摘持欲以獻，尚食且踟躕。

詠李　江總（同前揭書全陳詩卷三）

嘉樹春風早，春風花落新。但見成蹊處，幾得正冠人。當知露井側，復與夭桃鄰。

十三、白日莫空過

意謂時光可貴，勿令其不明不白地溜走。語出晚唐詩人林寬少年行詩：「抑煙侵御道，門映夾城開。白日莫空過，青春不再來。報讎衝雲去，乘醉臂鷹回。看取歌鍾地，殘陽滿壞臺。」

寬，生卒年不詳。唐侯官（今福建閩侯）人。久困場屋，舉進士後，曾任職秘書省。渠推崇李白、王昌齡，力斥晚唐頹靡詩風，與李頻、許棠、周繇等人時相往還，尤與黃滔相知最深。其詩多律、絕，以七絕為出色。歌風臺：「蒿棘空存百尺基，酒酣曾唱大風詞。莫言馬上得天下，自古英雄盡解詩。」為時人詡為深具氣象之作。宋史藝文志著錄其詩集一卷。全唐詩卷六〇六存其詩一卷，計卅三首。生平事跡略見於友儕詩作及直齋書錄解題（卷一九）。

十四、子曰有多少

乾隆間，畢秋帆①巡遊陝西，道經五臺山，朝拜大顯通寺②。畢詢老僧：「汝等恆誦經否？」僧謂：「貧僧等每日晨夕誦經禮佛不輟。」畢又詢：「法華經究竟有多少個『阿彌陀佛』？」老僧為之一愣，旋合掌曰：「荒菴老衲，深愧鈍根。大人乃天上文星，自有夙悟，不知大人所熟讀的一部四書，其中得有多少個『子曰』？」畢一聽，莞爾大笑，謂：「好！對得好！真是顯靈通達，顯通寺名不虛傳！」於是，囑咐隨從，重金布施。（秋燈叢話）

茲以淳熙本四書集注為據，統計論語篇章數及出現「子曰」一詞之章數如后：

篇名	章數	子曰數③	%
學而	16	8	50
為政	24	24	100
八佾	26	25	96
里仁	26	25	96
公冶長	30	27	90
雍也	30	29	97
述而	38	31	82
泰伯	21	17	81
子罕	30	26	87
鄉黨	26	5	19
先進	26	25	96
顏淵	24	20	83
子路	30	30	100
憲問	46	45	98
衛靈公	42	42	100
季氏	19	16	84
陽貨	36	35	97
微子	11	5	45
子張	25	1	4
堯曰	6	3	50
20	532	439	83

①畢秋凡（一七三〇—一七九七）清江南鎮萍（今江蘇）人。本名沅，字纕蘅，又號靈巖山人。乾隆廿五年（一七六〇）進士，官至湖廣總督。留心經史小學，旁及輿地、金石。曾謂：「經義當宗漢儒，說文當宗許慎，編年史涑水先生最長。」以好士名，學者如錢大昕、邵晉涵、章學誠、洪亮吉、黃仲則等先後在幕中。所撰續資治通鑑二二〇卷，即集錢邵章等諸人之力而成。有靈巖山人詩集、文集存世。

②五臺山為我國四大佛教聖地之一東漢永平年間（五八—七五）於此地建大孚靈鷲寺，後一度改稱大華嚴寺，幾遭兵火，明洪武間重修，傳五百羅漢大顯神通，太祖遂勅賜大顯通寺

匾額一方。

③含子曰、孔子曰、子謂、孔子謂及孔子對曰。

十五、置之死地而後生

本義謂將部眾擱入不戰則死的境地，然後方能奮勇應戰，獲勝得生。或謂將人投入危險之地，才能設法脫困求生，亦通。語本孫子九地：「投之亡地然後存，陷之死地然後生。」南北史僭偽附庸列傳劉武：「軍士去家二千里，後有黃河之難，所謂置之死地而後生也。」南宋羅大經（？—？，淳祐前後之人）鶴林玉露補遺：「若論兵法，則置之死地生矣。項羽救趙，既渡，沉船破甑，持三日糧，示士必死無還心，故能破秦。」國父孫中山先生（一八六六—一九二五）訓練革命軍人之演講：「若我不先發制人，終必為人所制，置之死地而後生，等死耳，不如速發難。」

十六、文選爛，秀才半

流行於北宋初年的俗語。意謂：只要熟讀文選①，考取秀才就有望了。南宋陸游（一一二五—一二一〇）老學菴筆記卷八：「國初尚文選，當時文人專意此書，故草必稱王孫②、梅必稱驛使③、月必稱望舒④、山水必稱清暉⑤。至慶曆⑥後，惡其陳腐，諸作者始一洗之。方其盛時，士子至為之語曰：『文選爛，秀才半。』建炎⑦以來，尚蘇氏文章，學者翕然從之，而蜀士尤盛，亦有語曰：『蘇文熟，喫羊肉；蘇文生，喫菜羹。』」

①昭明文選之省稱。南朝梁武帝（蕭衍）之長子蕭統（五〇一—五三一）好文學，博覽群書，嘗招集文士劉孝威、庾肩吾等多人編纂文選卅卷（今本分六十卷），輯錄秦漢以來詩文、書牘、奏章，世稱昭明文選，為我國現存第一部詩文總集。

②草名。又名牡蒙、黃孫、黃昏、旱藕，供藥用。黃耆亦名王孫，別為一物。詳參本草綱目卷十二、草。

③梅花之雅稱。典源出自南朝宋盛弘之（？—？）荊州記：「陸凱與范曄相善，自江南寄梅花一枝詣長安與曄，並贈花詩曰：『折花逢驛使，寄與隴頭人。江南無所有，聊贈一枝春。』」（太平御覽卷九七〇）。

④代稱月。古神話傳說為月駕車之仙人。楚辭戰國屈原（前三三九—？）離騷：「前望舒使先驅兮，後飛廉使奔屬。」注：「望舒，月御也。」後人遂用以代稱月。後漢書卷六十下蔡邕傳釋海：「元首寬則望舒眺，侯王肅則月側匿。」注：「望舒，月也。」三國魏曹丕（一八七—二二六）在孟津詩：「曜靈忍忽西邁，炎燭繼望舒。」（藝文類聚卷三八三）

⑤典出南朝宋謝靈運（三八五—四三三）石壁精舍在湖中詩：「昏旦變氣候，山水今清暉。」

⑥北宋仁宗第六個年號，當西曆一〇四一至一〇四八年。

⑦南宋高宗第一個年號，當西曆一一二七至一一三〇年。

十七、有文事必有武備

有文臣侍從，也需要安排武官作陪。典出：穀梁傳定公十年：「因是以見，雖有文事①必有武備②。」史記孔子世家：「孔子攝相事③，曰：『臣聞有文事者必有武備，有武事者必有文備。古者，諸侯出疆④，必具官⑤以從。請具左右司馬⑥。』定公曰：『諾！具左右司馬，會齊侯⑦夾谷⑧。』」鹽鐵論世務：「謹爾侯度，用戒不虞⑨，故有文事必有武備。」

①有多義，在此指文學侍從之臣，司酬對、書牘等事務。

②亦有多義，在此指武職侍衛，司扈從、警衛等事務。

③代理宰相的職務。按：時孔子為魯大司寇。

④離開國境，猶云出國。

⑤配置、安排官員。

⑥官名。掌軍政、軍賦、易政等之臣工。始置于商，周沿置之。春秋、戰國亦仍置之。周禮列為六卿之一，為夏官。

⑦齊景公。

⑧春秋時地名。史記裴駰集解引司馬彪說在祝其縣（今江蘇贛榆縣）。惟據清顧炎武（一六一三—一六八二）考證：山東淄川（今淄博市）有夾谷山，舊名祝其山；又萊蕪縣南有夾

谷，齊、魯二國國君相會當在此地，不應遠至春秋時屬莒地之贛榆。（日知錄卷卅一）。顧說應可信。

⑨「謹爾……不虞」係作者引述詩大雅抑之詩句。意謂：時時刻刻用心思考你是一國之君，應有為君之法度，用備不可臆度而至之事。侯度，為君之法度。鹽鐵論，十卷、六十篇，桓寬（公元前七三年猶在世），撰成于西漢宣帝在位期間。